HEYNE

Das Buch

Joanna ist hübsch, blond und hat wohlhabende Eltern. Nur mit ihrem Freund Dex ist sie nicht zufrieden. Er hat keinen Job und keine Perspektive und verbringt zudem einen Großteil der Zeit mit seiner Band. Der blonde Shep dagegen wäre genau der Richtige. Er trägt Kaschmir statt fleckiger T-Shirts, besitzt ein Cabrio und hat glänzende Zukunftsaussichten.

Als Dex und sein Kumpel Pete Joanna zu einer nächtlichen Spritztour überreden, kommt es zu einer Katastrophe. Beim Versuch, Joanna zu beeindrucken, fällt Dex von einer Klippe in den Abgrund. Joanna gerät in Panik und fährt Hals über Kopf davon, doch sie stößt mit einem Lastwagen zusammen. Erst im Krankenhaus kommt sie langsam wieder zu Bewußtsein. Als sie nach zwei Monaten wieder entlassen wird, ist Dex Leiche bereits beigesetzt. Joanna trauert nicht lange und verabredet sich mit Shep. Sie kann endlich ein neues Leben beginnen. Doch dann meldet sich eine vertraute Stimme am Telefon. Es ist Dex …

Der Autor

Robert Lawrence Stine wurde 1943 in Columbus/Ohio geboren. Bereits mit neun Jahren entdeckte er seine Liebe zum Schreiben. Seit 1965 lebt er in New York City. Zunächst arbeitete er an TV-Serien und Abenteuergeschichten, seit 1986 aber widmet er sich nur noch dem Horror. Seine ›Gänsehaut‹-Romane und die Serie ›Fear Street‹ lehrten Millionen Jugendliche das Fürchten. Heute ist R. L. Stine einer der produktivsten und erfolgreichsten Autoren der Gegenwart. Er lebt mit seiner Frau Jane und seinem Sohn Matt unweit des Central Park in New York.

Eine Liste der im WILHELM HEYNE VERLAG erschienenen Bücher von R. L. Stine finden Sie am Ende des Bandes.

R. L. STINE

Die letzte Verabredung

Roman

Aus dem Amerikanischen
von Ingeborg Ebel

WILHELM HEYNE VERLAG
MÜNCHEN

HEYNE ALLGEMEINE REIHE
Nr. 01/13477

Titel der Originalausgabe
THE BOYFRIEND

Umwelthinweis:
Das Buch wurde auf
chlor- und säurefreiem Papier gedruckt.

Redaktion: Birgit Groll

Deutsche Erstausgabe 05/2002

Published by arrangement with Scholastic Inc.

Dieses Werk wurde vermittelt durch die Literarische Agentur
Thomas Schlück GmbH, 30827 Garbsen
Printed in Germany 2002
Umschlagillustration: Richard Newton/Agentur Schlück
Umschlaggestaltung: Hauptmann und Kampa Werbeagentur, CH-Zug
Satz: Pinkuin Satz und Datentechnik, Berlin
Druck und Bindung: Elsnerdruck, Berlin

ISBN 3-453-19902-2

http://www.heyne.de

1

Werde ich es tatsächlich tun?, fragte sich Joanna.

Sie schaute auf das hell erleuchtete Einkaufszentrum hinunter, sah die Gesichter der mit Päckchen, Paketen und Tüten beladenen Kunden, Mütter, die ihre Kinder hinter sich her zerrten, Menschen vor den bunten Schaufenstern und in Zweier- oder Dreiergruppen dahinschlendernde Teenager, auf der Suche nach jemandem, mit dem sie diesen Freitagabend verbringen könnten.

Natürlich werde ich es tun, beschloss Joanna und ein Lächeln breitete sich auf ihrem Gesicht aus. Wenn ich mir einmal etwas in den Kopf gesetzt habe, ziehe ich es auch durch.

»Daddys kleine Draufgängerin«, so hatte Joannas Vater, Sherman Collier, seine Tochter immer genannt. Sein größtes Kompliment war: »Daddys kleine Draufgängerin. Ein Nein existiert für sie nicht.«

Dad hat mir viele Komplimente gemacht, dachte Jonna bitter, als sie sich schnell vom Treffpunkt vor der Buchhandlung entfernte und dann stehen blieb. Ich war Daddys Tochter: eine *richtige* Collier.

Aber das hat ihn keineswegs davon abgehalten, uns zu verlassen. Das hat ihn auch nicht daran gehindert, mit diesem billigen Rotschopf davonzulaufen – nach Tuscon oder in eine andere verrückte Stadt. Ihre Mutter weigerte sich ihr zu sagen, wohin.

Seitdem hatte sie von ihrem Vater nichts mehr gehört, nicht einmal zu ihrem sechzehnten Geburtstag hatte er sich gemeldet.

Trotzdem hat sich Mom gut aus der Affäre gezogen, dachte Joanna. Meine kleine, sanftmütige und bescheidene Mom. Na ja, so bescheiden war sie gar nicht, als es zur Scheidung kam. Denn sie musste Daddy ganz schön geschröpft haben und es hatte eine Menge zu holen gegeben. Seitdem hatten sie beide richtig gut gelebt. Mom und Joanna. Sie hatten ihren Reichtum genossen und es hatte ihnen gefallen, ohne Daddy zu leben.

Joanna jedenfalls hatte es gefallen.

Denn Daddys kleine Draufgängerin vermisste Daddy überhaupt nicht.

Also warum stand sie dann an einem Freitagabend hier am Rand des Einkaufszentrums und dachte an ihn?

Wegen der zerrütteten Beziehungen. Deshalb. Zerrüttete Familien. Zerrüttete Freundschaften.

Doch eigentlich war das alles gar nicht so schlimm. Manchmal zog man sogar Vorteile daraus.

Joanna dachte an Shep. An sein gewelltes blondes Haar. An das Grübchen in seiner linken Wange, wenn er so schief grinste. Sie fragte sich, was Shep heute Abend machte, weil er glaubte, sie würde sich mit Dex treffen.

Wie hieß doch noch der Song aus dem Lautsprecher? Irgend so ein alter Elvis-Song aus den fünfziger Jahren: *Don't Be Cruel.*

Fast hätte Joanna laut gelacht. Sei nicht gemein? Warum nicht? Die ganze Welt war grausam und gemein.

Und sie würde bald etwas richtig Gemeines tun. Und diese Gemeinheit genoss sie bereits schon jetzt, wie sich Joanna eingestehen musste.

Als sich Joanna umdrehte, sah sie ihr Spiegelbild in einem Laden für Wachskerzen. Nicht übel, dachte sie.

Sie wusste, dass sie klasse aussah. Warum sollte sie sich zu dieser falschen Bescheidenheit zwingen und sagen, sie wisse es nicht, wie diese zickigen Tussis in den alten Elvis-Filmen, die sie sich mit Dex im Fernsehen hatte anschauen müssen?

Sie sah wie alle Colliers gut aus. Das hatte ihr Vater ihr immer gesagt – meistens als Seitenhieb für ihre Mutter gedacht. Sie hatte die hohen Wangenknochen, die perfekte gerade Nase, die großen blauen Augen, die hohe Stirn und das hellblonde Haar, was alles zusammen ihr Gesicht fast klassisch aussehen ließ.

Das gute Aussehen der Collier-Familie.

Vielleicht standen sie und ihre Mutter sich deswegen nicht so nahe wie andere Mädchen ihren Müttern. Oder gab es andere Gründe dafür, etwa solche, wie sie in diesen blöden Filmen von früher propagiert wurden?

Ihre unscheinbare kleine Mutter. Sie sah immer so winzig und lächerlich aus in ihrem prächtigen Pelzmantel, den sie ständig mit hochgestelltem

Kragen trug, sodass ihr Kopf fast darin verschwand. Wenn Joanna sie dann sah, musste sie immer lachen – insgeheim natürlich.

Eigentlich konnte sie es ihrem Vater nicht verübeln, wenn der etwas mehr vom Leben wollte.

Doch, sie konnte.

Zerrüttete Ehen. Es war ganz natürlich heute Abend, dass sie an zerrüttete Beziehungen dachte.

Zwei etwa zwölf Jahre alte Jungen kamen auf Skateboards den Mittelgang entlanggefetzt. Einer von ihnen drohte Joanna umzurennen, doch sie konnte im letzten Moment zur Seite springen.

»Hey, du …«, fing sie an und verstummte abrupt.

Die Polizei würde die beiden Typen früher oder später schnappen und sie wollte keine Aufmerksamkeit auf sich lenken. Schließlich versteckte sie sich. Sie versteckte sich vor Dex.

Sie versteckte sich vor ihrem Freund.

Sie dachte daran, wie Dex roch. So frisch. Nach Blumen und Seife.

Das machte sie fast traurig. Aber nur fast.

War er das nicht, da drüben, an ihrem gewöhnlichen Treffpunkt?

Nein. Das war ein anderer Typ in Jeans und einem billigen T-Shirt.

Joanna lehnte sich gegen eine Betonsäule, den Kopf an ein Schild gepresst, das für eine kleine Band warb, die hier spielte.

Was für Trottel würden hierher in die Mall kommen, um sich so ein Konzert anzuhören? Kein Wunder, dass die Leute Vororte spießig fanden.

Alles hier in Middlewood war so ... so mittelmäßig und schäbig. Sowie Joanna ihr Abi in der Tasche hatte, würde sie nach New York gehen. Das war sicher. Kurse für Models belegen. Und mit ihrem fantastischen Aussehen und ihrem Elan, na ja ... wer wusste schon, wie weit sie es bringen würde?

Und das war einer der Gründe, weshalb Dex aus ihrem Leben verschwinden musste.

Da war er ja. Rannte zum Eingang der Buchhandlung, wo sie sich immer trafen. Und kam wieder einmal viel zu spät.

Er wird sein ganzes Leben lang zu spät kommen, dachte Joanna, über ihre Verbitterung verwundert. Und es nie zu etwas bringen.

Dex blieb vor dem offenen Eingang stehen und sah nach rechts und links. Er schien sich zu entspannen. Über die Menge hinweg konnte sie erkennen, dass er erleichtert aussah.

Er denkt, dass ich mich ebenfalls verspätet habe. Zum Lachen ist das!

Sieh ihn dir gut an, dachte sie und presste sich gegen die Säule, damit er sie nicht entdeckte. So zieht er sich für ein Date an. Vergammelte Jeans, am Knie zerrissen. Und dieses blöde T-Shirt. Wahrscheinlich nicht mal frisch gewaschen.

Aber er roch immer so wundervoll, das musste sie ihm lassen. Und wenn sie nachts zusammen in ihrem Auto saßen, dann ... Ach, was sollte das?

Sie nahm ihre Daunenweste in die andere Hand und richtete den Blick auf Dex. Er fing an, vor dem Buchladen auf und ab zu gehen. Er schaute auf seine Uhr. Dann rammte er die Hände in seine Hosentaschen und marschierte weiter hin und her.

Er ist klein, dachte Joanna. Warum war ihr nie aufgefallen, wie klein er war? Und seine Jeans hängen am Hintern runter.

Schau mal, wie nervös er wird. Denn er weiß, dass ich nie zu spät komme.

Und er weiß, dass ich allmählich das Interesse an ihm verliere. In diesem Punkt war ich nicht besonders feinfühlig.

Du bist gemein Joanna, sagte sie zu sich. Übrigens ist das eine deiner bewundernswürdigsten Eigenschaften. Wie sonst konnte man in einer grausamen und gemeinen Welt überleben?

Dex würde das früher oder später herausfinden. Warum nicht früher? Das würde ihm guttun.

Er blieb stehen und fuhr sich mit der Hand nervös durch sein dichtes schwarzes Haar.

Sie hatte gern an seinen Haaren gezogen, ihn geneckt und so fest daran gezogen, bis es ihm weh getan hatte. Doch jetzt fand sie sein Haar nur noch fettig.

Lass dir deine Mähne mal schneiden, dachte sie.

Nein. Jetzt gehst du zu weit, Joanna. Du liebst sein Haar. Das kannst du nicht leugnen. Es gefällt dir, wie es deine Wange streichelt, wenn er den Kopf auf deine Schulter legt und dich an sich zieht.

Trotzdem werde ich nicht weich, dachte sie und verlagerte ihr Gewicht aufs andere Bein. Sie glättete ihren blauen Pullover, den ihr Daddy gekauft hatte, weil die Farbe genau zu ihren Augen passte.

Er wurde langsam etwas eng. Warum zog sie ihn immer noch an?

Ich gehe nicht zu ihm. Ich bleibe einfach hier stehen und schaue zu, wie er sich ärgert und leidet. Welch ein Genuss!

Dex sah jetzt wütend aus. Er stand da, die Hände in den Taschen, und schaute in Richtung Kino am Ende der Einkaufsstraße.

Breaking Up Is Hard To Do, dachte Joanna. Das war doch der Titel eines anderen Songs. Ja, mit Dex zu brechen würde nicht einfach sein. Denn der Junge war so theatralisch und launisch.

Dex wollte gern Schauspieler werden. Das Aussehen hatte er jedenfalls dazu. In vielem ähnelte er dem Filmschauspieler Matt Dillon und er sprach auch so.

Vergangenen Frühling hatte er Joanna zu einer Schüleraufführung des Dramas von Shakespeares *Julius Cäsar* eingeladen. Die Aufführung hatte in Dex' Schule am anderen Ende von Middlewood stattgefunden und er spielte die Titelrolle. Joanna war gekommen, weil sie sich dazu verpflichtet gefühlt hatte. Doch als sie ihren schicken Sportwagen auf der Straße vor dem dreistöckigen Ziegelbau parkte, fragte sie sich, ob ihr schönes Auto dort sicher sei. Die Nachbarschaft sah nicht gerade Vertrauen erweckend aus. Sie schloss ihren Wagen ab und lief in die Schule, überrascht, wie heruntergekommen es da drin aussah. Joanna hatte schon seit Ewigkeiten keine staatliche Schule mehr von innen gesehen.

Doch Dex war gut auf der Bühne gewesen, denn

er sah sehr gut aus und besaß eine klare, ausdrucksvolle Stimme. Aber die anderen waren entsetzlich gewesen, es gab eigentlich kein Bühnenbild und die Beleuchtung flackerte ständig.

Nach der Vorstellung war Dex unheimlich aufgeregt gewesen. Richtig high! Joanna hatte ihn gelobt, doch eigentlich tat er ihr die ganze Zeit nur Leid. Wenn seine Tante es sich doch nur leisten könnte, ihn auf eine Privatschule zu schicken – wie Landover, die Schule, die Joanna besuchte. Dann hätte er vielleicht eine Chance, es mit seinen schauspielerischen Ambitionen zu etwas zu bringen.

Aber seine alte Tante hatte weder Geld noch machte sie sich viel aus Dex. Es war ihr egal, ob er zur Schule ging oder nicht. Sie lebte in ihrer eigenen trostlosen Welt.

In einer Welt, in der ich niemals leben möchte, dachte Joanna, die noch immer Dex beobachtete. Zwei ihr unbekannte Typen waren stehen geblieben und quatschten mit ihm. Sie konnte die Jungen über irgendetwas lachen hören, aber Dex lachte nicht. Er hielt weiter nach ihr Ausschau.

Solche Gefühle helfen Dex bei seiner Karriere, dachte Joanna. Sich um einen geliebten Menschen zu sorgen. Ein gebrochenes Herz. Ein Schauspieler braucht doch ein paar Fiaskos in seinem Leben, sonst bringt er seine Kunst nicht zur Vollendung, richtig?

Heartbreak Hotel, war das nicht ebenfalls ein Elvis-Song?

Warum habe ich heute nur Elvis im Kopf?, fragte sich Joanna. Wahrscheinlich weil Dex wie der junge Elvis aussieht, der Elvis in den Filmen. Sah sich Dex diese alten Streifen deshalb so gerne an?

Jetzt fahre ich nach Hause, beschloss sie plötzlich.

Die beiden Typen waren in Richtung Kino verschwunden. Dex war wieder alleine und marschierte vor der Buchhandlung auf und ab.

Das ist wirklich gemein, dachte Joanna, drehte ihm den Rücken zu und ging zu den Türen, die zum Parkplatz führten.

Und warum habe ich dann ein Gefühl, als ob ich lachen müsste?

2

»Du standst einfach da und hast ihn beobachtet?«, fragte Mary mit schriller Stimme.

Joanna nahm den Hörer vom Ohr, weil das Kreischen ihr weh tat. Sie konnte sich ihre Freundin gut vorstellen, wie sie bäuchlings auf dem Bett lag, ein geschockter Ausdruck auf ihrem kleinen engelhaften Gesicht.

»Ja. Es war richtig … interessant«, sagte Joanna. Sie wusste, gleich würde Mary reagieren – und das tat sie auch.

»Interessant? Joanna, das klingt so kalt!«, rief Mary.

Mary war immer so nett und freundlich zu allen Leuten. Wie ein Engel. Joanna schockierte sie gern und mochte es, wenn die Stimme ihrer Freundin sich überschlug.

Am anderen Ende der Stadt lag Mary tatsächlich auf dem Bauch auf ihrem Bett, mit einem übergroßen Herrenhemd bekleidet, das sie als Nachthemd trug. Jetzt starrte sie den Hörer an als wollte sie ihn fragen: Habe ich richtig gehört? Ihr braunes, lockiges Haar, das ihr bis auf die Schultern fiel, war vom Duschen noch nass. Sie fröstelte.

Aber sie wusste, dass sie wegen Joanna fror.

Wie kann dieses Mädchen meine Freundin

sein?, fragte sie sich. Und dann war ihr nächster Gedanke: Warum hat sich Joanna derart verändert?

Schon seit der Grundschule waren sie Freundinnen. Und als Marys Familie aus Middlewood in ein weniger teures Viertel namens Westside umgezogen war, hatte ihre Freundschaft weiter bestanden, doch hauptsächlich übers Telefon.

Joanna war schon früher etwas versnobt gewesen. Und seit sie auf diese teure Privatschule ging, verhielt sie sich noch arroganter. Aber sie war auch klug und witzig, zudem sehr hübsch und ihr stets eine gute Freundin gewesen; ein Mensch, mit dem Mary immer über alles hatte reden können und dem sie vertraute.

Also, seit wann war sie so kalt geworden und so gemein?, fragte sich Mary wieder.

Oder war sie schon damals so gewesen und Mary hat es nur nicht gemerkt?

Nein, dachte Mary, als Joannas Stimme weiter in ihr Ohr plapperte. Nein, Joanna hat sich verändert. Ich glaube, seit sich ihre Eltern haben scheiden lassen …

»Du musst Shep kennen lernen«, sagte Joanna gerade. »Ich glaube, er wird dir gefallen. Er sieht sehr gut aus, und …«

»Geht er auf deine Schule?«, fragte Mary.

»Ja. Er macht nächstes Jahr sein Abi und hat bereits einen Studienplatz in Yale. Seine ganze Familie hat in Yale studiert.«

»Wie nett«, sagte Mary, weil sie wirklich nicht wusste, was sie sagen sollte. »Ich … ich bin einfach überrascht. Ich meine, total überrascht. Denn ich dachte, das mit dir und Dex wäre was Ernstes.«

»Das war es auch«, entgegnete Joanna. »Viel zu ernst. Das tat uns beiden nicht gut.«

»Was willst du damit sagen, Joanna?«

»Ich will damit sagen, dass Dex kein Geld hat und nie welches haben wird«, antwortete Joanna. Sie redete sehr schnell, wie immer, wenn sie aufgeregt war. »Natürlich liegt mir noch etwas an ihm. Aber ich muss auch praktisch denken.«

»Praktisch?«, fragte Mary, mehr über die unerbittliche Kälte in Joannas Stimme schockiert als über die Worte ihrer Freundin. Joanna redete von Dex als handelte es sich um einen Fremden.

»Ich nehme auf uns beide Rücksicht«, sagte Joanna und glaubte, sie begäbe sich damit in die Defensive. »Ich meine, kannst du dir vielleicht vorstellen, wie Dex sich fühlt, wenn er die ganze Zeit in meinem Wagen rumgefahren wird?«

»Ich glaube nicht, dass ihm das was ausmacht«, sagte Mary trocken. Dann fügte sie hinzu: »Es würde ihm auch nichts ausmachen, manchmal mit dem Bus zu fahren.«

»Jetzt bleib mal auf dem Teppich«, entgegnete Joanna lachend. »Soll ich vielleicht den Bus nehmen, wenn ich einen vierzigtausend-Dollar-Schlitten in der Garage stehen habe?«

Sie erzählt mir nicht zum ersten Mal, wie viel ihr Luxusschlitten gekostet hat, dachte Mary und strich ihr nasses Haar zurück. »Was fährt Shep denn für einen Wagen?«, fragte sie ironisch.

»Oh, er hat so ein schickes Cabrio«, antwortete Joanna, »ein rotes mit weißem Dach.«

Wen oder was hatte sie als Ersten oder Erstes überprüft? Shep oder sein Auto?, fragte sich Mary. Dann machte sie sich Vorwürfe, weil das ebenso abgebrüht klang wie Joanna. Sie macht mir nur etwas vor, redete sich Mary ein. Sie will nicht, dass ich erfahre, wie schwer es ihr fällt, mit Dex zu brechen. Wahrscheinlich will sie sich das nicht einmal selbst eingestehen. Also macht sie eine coole Show daraus.

»Weißt du auch, was du da tust?«, fragte Mary ihre alte Freundin. »Dex ist doch ganz verrückt nach dir.«

»Ja, er ist total verrückt«, antwortete Joanna seufzend. »Weißt du, was er neulich gemacht hat? Er fährt mitten in der Nacht mit dem Bus quer durch die Stadt und kreuzt in meinem Schlafzimmer auf. Nur, weil er mit mir reden will.«

»Wow, das ist ja richtig romantisch«, sagte Mary und versuchte, nicht neidisch zu klingen.

»Machst du Witze? Hätte meine Mutter das mitgekriegt, hätte sie mich für den Rest des Monats eingesperrt.«

Und das mit einem vierzigtausend-Dollar-Wagen in der Garage, dachte Mary.

»Dex ist so melodramatisch«, fuhr Joanna fort. »Viel zu theatralisch nach meinem Geschmack. Er ...« Es klickte ein paar Mal in der Leitung. »Bleib dran, Mary. Da ruft gerade jemand an.«

Mary runzelte die Stirn und setzte sich auf. Sie legte den jetzt stummen Hörer auf die Tagesdecke und ging ins Bad, um sich ein Handtuch zum Trockenreiben ihres Haars zu holen.

»Hallo?«, sagte Joanna fröhlich. Sie ahnte, wer der Anrufer war. »Oh, hallo, Dex.« Bleib lässig, sagte sie sich.

»Hey – ich bin noch immer in der Mall«, sagte er richtig verärgert. Sie konnte sich gut seinen Gesichtsausdruck vorstellen, die Stirn gerunzelt, die dunklen Brauen ein Strich. Und wahrscheinlich kaute er auf seiner Unterlippe, wie er es bei solchen Gelegenheiten immer tat.

»Was? *Wo* bist du?« Das war der richtige Ton. Sie hörte sich wirklich unschuldig an.

»Ich dachte, wir hätten uns verabredet, Joanna. Du wolltest mich treffen – schon vergessen?«

»Wie?« Sie lachte, denn sie wusste, dass ihr Lachen ihn richtig wütend machen würde. »Ach, du meine Güte! Das habe ich total vergessen!«

Schweigen auf Dex' Seite.

Schweigen auf Joannas Seite. Und ein Klicken. Dann das Freizeichen. Ein paar Sekunden lauschte sie dem Summen, dann fiel ihr ein, dass Mary auf der anderen Leitung wartete.

»Hallo, Mary? Da bin ich wieder. Rate mal, wer eben angerufen hat?«

»Was hat er gesagt?«, fragte Mary und setzte sich wieder aufs Bett. Inzwischen hatte sie ein Handtuch um ihren Kopf geschlungen.

»Nicht viel. Ich habe ihm erzählt, ich hätte es einfach vergessen.« Joanna kicherte.

»Ich kann es einfach nicht fassen, dass du so gemein bist. Warum spielst du so miese Spielchen mit ihm, Joanna? Warum sagst du ihm nicht einfach, dass du ihn nicht mehr sehen willst?«

»Kapierst du das denn nicht?«, schalt Joanna ihre Freundin. »Es macht doch viel mehr Spaß, ihn eine Weile zappeln zu lassen, oder?«

»Das ist doch nicht dein Ernst?«

»Nein. Natürlich nicht. *Wirklich.*« Joanna wusste nicht, ob sie es ernst meinte oder nicht. Sie war überrascht, dass sie ihr Tun überhaupt nicht berührte und dass sie für Dex so gut wie nichts empfand.

Denn eigentlich hatte sie geglaubt, sich in ihn verliebt zu haben. Aber jetzt fühlte sie überhaupt nichts mehr. Und in ihrem tiefsten Innern musste sie es sich eingestehen, dass sie es heute genossen hatte, ihn dabei zu beobachten, wie er sich quälte.

»Ich werde es ihm noch direkt sagen«, versicherte sie Mary, »aber du weißt ja, wie theatralisch er ist. Er wird mir eine Szene machen und wahrscheinlich Shakespeare in meinem Wohnzimmer rezitieren, damit wir alle in Tränen ausbrechen.« Sie lachte.

Joanna ist eiskalt, musste Mary wieder denken. Ich dachte immer, Dex bedeute ihr etwas. Doch sie hat mich getäuscht. Sie hat uns alle getäuscht.

»Ich glaube, es ist besser, wenn ich ihm das nach und nach beibringe. Eine Andeutung hier, eine Bemerkung da. Und dann richte ich es so ein, dass er mich mit Shep sieht. Auf diese Weise wird er es dann langsam kapieren.«

»Wirklich – Joanna. Das kannst du Dex doch nicht antun.«

»Und ob ich das kann«, entgegnete Joanna und bewunderte den dunkelroten Lack auf ihren Nägeln.

»Vielleicht sollten wir von etwas anderem reden«, sagte Mary. »Wir waren immer ehrlich zueinander, Joanna. Aber dieses Mal ...«

»Du hast Recht. Vielleicht sollten wir das Thema wechseln«, entgegnete Joanna und lachte wieder. Sie versuchte fröhlich zu wirken, aber das Lachen klang sogar in ihren Ohren falsch.

Eine Weile herrschte Schweigen, bis Mary schließlich sagte: »Hast du dir diesen Wintermantel gekauft, auf den du so scharf warst? Den mit der pelzgefütterten Kapuze?«

»Ach, eigentlich gab es zwei, die ich toll fand«, antwortete Joanna. »Und da ich mich nicht entscheiden konnte, habe ich sie beide gekauft.«

Schweigen am anderen Ende. Joanna glaubte, ein kurzes Luftholen gehört zu haben. Sie liebte es, Mary zu schockieren, wenn das eigentlich auch keine richtige Herausforderung darstellte. Denn als Gegnerin war Mary viel zu nett und sie ließ sich auch viel zu leicht aus der Fassung bringen.

»Es ist richtig ekelhaft, wie verwöhnt ich bin. Stimmt's?«, fragte Joanna nach ein paar Sekunden.

»Ja, das kann man wohl sagen«, stimmte Mary schnell zu.

»Hey! Ich glaube, meine Mutter turnt wieder da unten rum. Sie kann nicht schlafen. Ich höre jetzt besser auf.«

»Okay. Bis bald«, sagte Mary.

»Ich rufe dich morgen wieder an«, sagte Joanna

und legte auf. Sie atmete tief ein und streckte sich. Sie fühlte sich richtig gut.

Dann lauschte sie auf die durch die Teppiche gedämpften Schritte ihrer Mutter im Flur. Arme Mom. In letzter Zeit war sie immer so nervös und rastlos.

Impulsiv griff Joanna wieder nach dem Telefon. In ihrem Verzeichnis sah sie Sheps Nummer nach.

Soll ich ihn anrufen? Warum nicht?

Es läutete viermal, ehe abgenommen wurde. Schweigen. »Hallo, Shep?«

Jemand gähnte laut in den Hörer.

»Shep, bist du das?«

»Ja. Wer spricht?«

»Ich. Joanna. Habe ich dich geweckt?«

Noch ein Gähnen. »Nein. Ich meine, ja. Das hast du wohl. Wie spät ist es? Hi.«

Sie redeten ein paar Minuten miteinander. Das Gespräch kam nur mühsam in Gang.

»Ich wundere mich, dass du an einem Freitagabend zu Hause bist«, sagte Joanna neckend.

»Ich bin extra nicht ausgegangen, weil ich auf deinen Anruf gewartet habe«, krächzte er.

Humor hat er jede Menge, dachte sie. Das gefällt mir. Am besten gehe ich jetzt direkt auf mein Ziel zu.

»Hast du morgen Abend schon etwas vor?«, fragte Joanna.

Shep schien etwas überrascht zu sein, aber er antwortete: »Nein. Ich glaube nicht. Ich meine, nein. Ich habe nichts vor.«

»Möchtest du mit mir ins Kino oder woanders hingehen?«

»Schon«, antwortete er, »aber gehst du nicht mit dem Typen vom anderen Ende der Stadt?«

»Nein«, antwortete sie schnell. »Eigentlich nicht mehr.«

»Prima!«, sagte er, plötzlich begeistert. Joanna stellte sich Shep vor: sein blondes, welliges Haar und seine runden Wangen, die ihn noch wie einen kleinen Jungen aussehen ließen. Wahrscheinlich war er rot geworden. Er schien oft und ohne jeden Anlass zu erröten. »Also, dann bis morgen«, sagte er.

»Bis morgen.«

Als Joanna eine halbe Stunde später im Bett lag und die Schatten der Bäume betrachtete, die der Mondschein an die Wände malte, rief sie sich das Gespräch mit Shep in Erinnerung.

Sie konnte nicht mehr als eine Stunde geschlafen haben, als sie durch ein lautes Rütteln an ihrem Fenster geweckt wurde. Erschrocken setzte sie sich im Bett auf.

Vom fahlen Mondschein umrahmt, kletterte Dex in ihr Schlafzimmer.

Sein Teint wirkte in dem Licht grünlich und es lag ein seltsamer Ausdruck in seinen Augen.

Joanna hielt vor Schreck den Atem an und sagte dann mit vor Angst schriller Stimme: »Was willst du, Dex?«

3

Er stand am Fenster, eine geisterhafte Erscheinung im fahlen Licht, und starrte sie an.

Schutz suchend zog sie ihre Bettdecke bis ans Kinn hoch. »Dex, was tust du hier?« Jetzt ist endgültig Schluss, dachte sie wütend. Diese mitternächtlichen Besuche müssen aufhören.

»Die Nacht ist so schön«, sagte er und starrte sie noch immer unbeweglich an. Dann wischte er sich die Hände ab und kam langsam wieder zu Atem. Über den Baum in Joannas im ersten Stock gelegenes Zimmer zu klettern, hatte ihn angestrengt.

»Also?«

»Ach, komm schon«, sagte er und schenkte ihr sein verführerisches Lächeln. »Hol dein Auto aus der Garage. Wir machen eine Spritztour.«

»Wie? Bist du verrückt?«

»Ja«, sagte er lachend und machte ein paar Schritte auf sie zu.

»Dex, wie bist du hierher gekommen?«

»Ich bin geflogen.«

»Hast du getrunken?«

»Ja. Ein paar Flaschen Limonade, während ich auf dich in der Mall gewartet habe. Komm jetzt – zieh dich an.«

Ihre Jeans lagen auf dem Stuhl neben dem Bett.

Dex nahm sie und warf sie Joanna hin.

»Hast du den Bus hierher genommen?«, fragte Joanna und ignorierte die Geste. »Weiß deine Tante nicht, dass du dich nachts draußen rumtreibst?«

»Es interessiert mich nicht, ob sie es weiß oder nicht«, entgegnete Dex. »Wir reden nicht viel miteinander.«

»Ich glaube kaum, dass ich …«

»Hör auf, unsere Zeit zu verschwenden«, sagte er und marschierte ungeduldig im Zimmer auf und ab.

Plötzlich sah Joanna ihn wieder in der Mall vor der Buchhandlung hin und her gehen, mit diesem unglücklichen Ausdruck im Gesicht.

»Zieh dich an! Wir machen eine Spritztour, etwas Aufregendes, etwas, das niemand außer uns wagt. Wir fordern das Leben heraus. Weißt du, was ich meine?«

»Rezitierst du den Text eines Theaterstücks?«

»Ich habe Pete mitgebracht«, entgegnete er und ignorierte Joannas Ironie. »Er wartet draußen.«

Dex' Freund Pete interessierte sie überhaupt nicht. Er hatte kurzes stacheliges Haar, einen Diamant-Stecker im Ohr und hörte in seinem Walkman ständig Heavy Metal. Sie fand ihn pubertär, obwohl er sich supercool gab. Was er sich damit wohl beweisen wollte?

Sie sah Dex an und fragte sich: Was wollte ich mir eigentlich beweisen, als ich mit ihm ging? Dass ich auch cool bin? Dass ich nicht diejenige bin, die ich vorgebe zu sein? Oder was? Klar, er sieht gut aus, auf eine irgendwie verrückte Weise. Aber er ist so … so ordinär. Er gehört nicht meiner Gesellschaftsschicht an.

Dex gehörte zu meiner Teenager-Rebellions-Phase, überkam sie die plötzliche Erkenntnis. Genau das war es. Jeder Teenager macht doch diese Zeit durch, wo er gegen alles und jeden rebelliert, oder?

»Komm jetzt endlich, Joanna. Beweg dich. Wir verschwenden zu viel Zeit. Worüber denkst du nach?«

»Über gar nichts«, antwortete sie.

»Dann ist ja alles klar. Zieh dich an. Pete wartet. Wir fahren ins Vorgebirge. Das wird super.«

Als Dex sah, dass sich Joanna noch immer nicht rührte, setzte er seinen ganzen Charme ein und bettelte wie ein kleiner Junge. Er wusste, dass sie ihm dann nie widerstehen konnte.

»Nur ganz kurz. Damit wir behaupten können, dass wir es getan haben.«

»Also …«

»Und ich verspreche dir auch, dich nie wieder nachts zu belästigen. Okay?«

»Du versprichst es wirklich?«

»Na ja … ich komme dann nicht mehr so oft.« Er lachte und hoffte, sie würde ebenfalls lachen. Doch als er ihren harten Gesichtsausdruck sah, hielt er abrupt inne und fragte: »Stimmt was nicht?«

»Nichts. Alles«, entgegnete sie und ihr wurde bewusst, dass sie ein letztes Mal nachgab, dass sie in seinen verrückten Plan einwilligte, mit ihm mitten in der Nacht raus zu den Klippen zu fahren.

»Zwei ganze Stunden habe ich im Einkaufszentrum auf dich gewartet«, sagte er. »Komm schon. Das bist du mir schuldig.«

Jetzt erst lachte sie. »Das bin ich dir schuldig? Na, dann habe ich wohl keine andere Wahl.« Sie setzte ihre Füße auf den dicken, flauschigen Teppich. »Würdest du dich bitte umdrehen, während ich mich anziehe?«

»Hey, Joanna ... seit wann bist du denn so prüde?«, meinte Dex und grinste sie anzüglich an.

Du lieber Himmel, dachte sie. Wie infantil er ist. Was habe ich nur jemals an ihm gefunden? Das ist das allerletzte Mal, dass ich mit ihm irgendwo hingehe, beschloss sie und zog ihre Jeans an. Dann suchte sie in der Kommode nach einem Sweatshirt.

»Für Oktober ist es noch ziemlich warm«, sagte Dex.

»Verschone mich mit deinem Wetterbericht«, entgegnete sie trocken und hatte nicht gemerkt, dass er jetzt hinter ihr stand. Er legte die Arme um sie und drehte sie um. Dann küsste er sie, zuerst zaghaft, dann drängender.

Er *hat* wirklich Qualitäten, dachte Joanna, erwiderte seinen Kuss und schob ihn sanft von sich.

»Pete wartet, hast du das vergessen?«

»Warten ist sein Hobby. Das tut er gern«, sagte Dex und zog sie wieder an sich.

Er duftete so süß, nach Blumen und Seife. Joanna küsste ihn wieder. Nein! Das war verrückt.

»Komm jetzt! Ich hole das Auto.« Sie löste sich von ihm und ging in den Flur. An der Garderobe schnappte sie sich ihre Daunenweste, dann schlichen sich die beiden aus dem Haus.

Pete wartete in der Auffahrt, wie gewöhnlich hörte er Musik aus seinem Walkman. Im Mondlicht sah er noch pickeliger aus. Den Kragen seiner leichten Jacke mit dem Reißverschluss hatte er hochgeklappt und er grinste Joanna an.

Sie winkte ihm kurz zu, zog ihre Weste an und ging in die Garage. Als sie sich hinters Steuer setzte, atmete sie tief ein. Die Ledersitze rochen so gut. Sie schaltete in den Leerlauf und die beiden Jungen schoben den Wagen aus der Garage, damit Joannas Mutter nichts bemerkte. Die drei unternahmen nicht zum ersten Mal eine nächtliche Spritztour.

Aber dies ist die letzte, dachte sie, als sich Dex, vor Aufregung grinsend, neben sie setzte, während Pete es sich auf dem Rücksitz bequem machte. Joanna startete den Motor und fuhr in die Richtung der steilen Klippen außerhalb der Stadt, die von allen Leuten nur ›das Vorgebirge‹ genannt wurden.

Die Häuser zu beiden Seiten der Straße lagen im Dunkeln und ihnen begegneten keine Fahrzeuge.

»Mach mal das Radio an«, sagte Pete und beugte sich über die Lehne des Vordersitzes. »Auf Z-190 läuft jetzt die Sendung ›Die Stunde für Metal-Fans‹.«

»Kommt nicht in Frage, Mann«, sagte Dex, kurbelte das Seitenfenster runter und ließ einen Strom kalter Nachtluft in den Wagen. »Wir lauschen der Stille. Hör dir die mal an. Klasse, wie?«

Er warf Joanna einen Blick zu, doch sie fixierte die weiße Mittellinie auf der Straße. Sie war müder als sie gedacht hatte und musste sich ganz aufs Fahren konzentrieren.

Die Häuser wurden spärlicher und die Landschaft bewaldete sich allmählich. Dann wichen die Wälder freien Feldern. ›Das Vorgebirge‹, war für die Teenager in Middlewood der Ort, wo sie zum Petting hinfuhren. Aber natürlich würde um diese Nachtzeit niemand dort sein.

Ein Truck mit Anhänger überholte Joanna laut hupend. Sie erschrak und umklammerte das Lenkrad noch fester. Dann bog sie in die Cliff Road ein, die eher einem Feldweg als einer Straße glich. Der Mond war hinter den Wolken verschwunden und der Wind rauschte in den Bäumen.

»O Mann, ich fühle mich super!«, rief Dex überschwänglich aus dem offenen Fenster, als der Wagen holpernd über den Kies fuhr.

»Kannst du nicht das Fenster zumachen? Ich friere«, klagte Joanna.

Er sah sie erstaunt an, weil sie nicht seine Begeisterung teilte. »Hey, mach nicht so ein Gesicht!«, sagte er. »Das ist irre! Das ist einfach geil!«

Joanna antwortete nicht. Schliddernd brachte sie den Wagen zum Stehen, als der Kiesweg abrupt vor einem Holzzaun endete. Ein paar Meter hinter dem Zaun ragten die Klippen schroff aus der Landschaft. Von hier hatte man einen herrlichen Ausblick auf die ganze Stadt.

Dex sprang aus dem Wagen und schrie irgendwas zum Himmel hoch.

»Mann! Mach gefälligst die Tür zu!«, rief Joanna wütend hinter ihm her. Aber er hörte sie nicht. Er rannte bereits zum Kliff, an den Rand des Abgrunds.

Auch Pete kletterte aus dem Auto, aus seinem Kopfhörer waren leise die wummernden Bässe zu hören. Joanna hielt zögernd ihre Autoschlüssel in der Hand. Sie überlegte, ob sie die Türen verriegeln sollte, fand es aber unnötig. Kein Mensch wäre so verrückt, sich um drei Uhr früh hier rumzutreiben.

Sie umrundete ihren Wagen – der Boden war weich und nass unter ihren Sneakers – und schlug die Beifahrertür zu. Dann verstaute sie die Autoschlüssel in ihrer Westentasche und ging langsam zu Dex, der am Rand des Abgrunds stand.

»Mann, ist das kalt hier oben«, sagte sie und knöpfte ihre Weste zu, als sie von einer Böe erfasst wurde.

»Es ist super! Irre!«, schrie Dex, ein dunkler Schatten gegen den noch dunkleren Himmel. »Komm her und sieh dir das an!«

Joanna schauderte. Wegen der Kälte? Oder wegen des Abgrunds? Mit der Höhe hatte sie schon immer ein Problem gehabt.

Dex nahm ihre Hand und zog sie näher an sich. »Sieh mal – die ganze Stadt liegt dir zu Füßen«, sagte er mit der Hand deutend.

»Alles ist dunkel«, entgegnete sie angeödet. »Die Leute schlafen.«

Er umfasste ihre Taille fester. »Du meine Güte, bist du heute lustig«, sagte er und brachte sein Gesicht ganz nahe an ihrs.

»Es ist zu kalt. Ich dachte, es wäre wärmer draußen«, sagte sie.

Sie hielt nach Pete Ausschau. Er saß ein paar Meter unter ihnen auf einem großen Felsen, starrte in das dunkle Tal, in dem die Stadt lag, und klopfte mit dem Fuß den Takt zu den hämmernden Rhythmen in seinen Ohren.

Warum bin ich nur mit diesen beiden Typen hier oben?, fragte sich Joanna, als eine heftige Böe sie traf und ins Schwanken brachte. Warum liege ich nicht in meinem warmen Bett zu Hause und schlafe, wie jeder andere vernünftige Mensch in dieser Stadt auch?

Sie dachte an ihre Mutter, die nachts durchs Haus tappte, weil sie keinen Schlaf finden konnte. Und wenn sie nun zufällig entdeckte, dass ihre Tochter nicht in ihrem Zimmer war, wie würde sie reagieren?, fragte sich Joanna schaudernd. Wahrscheinlich lässt sie mich dann eine Ewigkeit nicht aus den Augen und ich kann am Samstagabend nicht mit Shep ausgehen …

»Hey, Dex … was soll das?«, rief sie mit erstickter Stimme, als sie sah, dass er auf einem Bein am Rand des Abgrunds stand.

»Ich versuche nur, deine Aufmerksamkeit zu erregen«, antwortete er lachend. »Denn du bist mit deinen Gedanken heute ganz woanders.«

»Dex! Hör auf! Du machst mir Angst!«

»Okay!«, rief er. »Jetzt *habe* ich endlich deine Aufmerksamkeit. Und jetzt kommt mein nächster Trick …«

Und er hüpfte auf einem Bein, das andere weit hinter sich gestreckt.

»Nein! Hör bitte damit auf. Wenn du stürzt …«

Kaum hatte Joanna das Wort ausgesprochen, glitt Dex aus und fiel über den Rand der Klippe.

4

Der Himmel schien schwarz zu werden und der Boden unter ihren Füßen zu schwanken.

»Dex?«

Joanna kniff die Augen zusammen, riss sie dann weit auf, weil sie hoffte, ihn dann da stehen zu sehen, wo er gestanden hatte.

Aber da war niemand, nur Dunkelheit.

»Dex?«

Sie hatte das Gefühl, ihr Herz habe zu schlagen aufgehört. Und sie wusste nicht mehr, ob sie noch atmen konnte.

Sie machte einen Schritt auf den Abgrund zu, doch sofort wurde ihr schwindelig.

»Dex?«

Da streckte er den Kopf über den Rand, ein entzücktes Grinsen im Gesicht. »Bingo!«

Joanna starrte Dex mit offenem Mund an, unfähig einen Ton herauszubringen.

»Willst du mir nicht hochhelfen?«, fragte er lachend.

»Du … du … du …«

»Es war ein Gag«, sagte er und stemmte die Hände auf den Fels, um sich hochzuziehen. »Da unten gibt's einen Vorsprung, so eine Art Sims. Hab dich sauber reingelegt, wie?«, sagte er und sah sie erwartungsvoll an.

»Du Scheißkerl«, murmelte sie wütend und ihr Herz fing wieder an zu schlagen.

»Du machst dir also wirklich etwas aus mir«, sagte er lachend.

»Das war überhaupt nicht komisch, Dex.«

»Es sollte auch nicht komisch sein«, sagte er und zog sich hoch. »Sondern eher eine Performance, eine künstlerische Aktion.«

Doch Joanna machte nur ein angeekeltes Gesicht und wandte sich ab.

»Was ist denn daran verkehrt?«, fragte er und ging zu ihr. »Meine künstlerischen Darbietungen haben dir doch sonst immer gefallen.«

»Aber diese überhaupt nicht!«

»Hey, ihr beide – was ist los mit euch?«, rief Pete in der Dunkelheit. Er rauchte eine Zigarette und Joanna konnte nur die Glut sehen.

»Hast du's etwa verpasst?«, rief Dex enttäuscht.

»Was verpasst?«, fragte Pete.

»Vergiss es«, sagte Joanna schnell. Sie war nicht mehr ärgerlich oder ängstlich. Jetzt war sie wütend. Was für ein dämlicher und gemeiner Trick!

»Hey, passt auf!«, schrie Dex in diesem Moment.

Pete stand auf, damit er besser sehen konnte. Der Wind war noch frischer geworden und zerrte an den dreien.

»Hör mit diesem blöden Spiel auf!«, rief Joanna. Sie drehte sich um und wollte zu ihrem Auto gehen. »Ich fahre jetzt nach Hause. Kommt ihr beide mit?«

»Nur eine Sekunde«, sagte Dex und hielt den Zeigefinger in die Höhe. »Pete hat meine Vorstellung nicht gesehen. Pass jetzt gut auf ...«

»Nein ... hör damit auf!«, schrie Joanna. »Schon das erste Mal war das nicht lustig. Es war entsetzlich. Ich rede nie wieder mit dir, wenn du nicht ...«

»Meine zweite Performance wird dir besser gefallen«, entgegnete Dex und vergewisserte sich, ob Pete auch zuschaute.

»Dex – ich warne dich!«, sagte Joanna und ging wieder ein paar Schritte auf ihr Auto zu. Ihre Sneakers waren von dem nassen Boden inzwischen völlig durchtränkt. Sie fror und fühlte sich unwohl.

»Kommt ihr jetzt endlich?«

Als sie sich umdrehte, sah sie Dex wieder am Rand des Abgrunds auf einem Bein rumhüpfen.

»Tata-taa!«, krähte er fröhlich.

Doch plötzlich erlosch das Lächeln auf seinem Gesicht und machte Entsetzen Platz.

Ein Stück Fels unter ihm gab nach und brach weg.

»Nein!«, schrie Joanna. »Nein!«

Dex warf die Arme taumelnd in die Luft, stürzte und versuchte, seine Hände in den abbröckelnden Rand zu krallen. Vergeblich!

»Nein – Dex!«

Sein Kopf verschwand und dann seine rudernden Hände.

Sie hörte seinen Körper gegen die Felswand prallen.

»Nein – Dex!«

Und während er fiel und fiel, schrie er und schrie – bis ein Krachen zu hören war, so als würden Eierschalen zerbrechen.

Das war kein Scherz. Das war keine Performance. Das war die Wirklichkeit. Das war der Tod.

Joanna merkte nicht einmal, dass sie rannte – bis sie vor ihrem Auto stand.

Sie hörte Pete nach ihr rufen, seine Stimme klang schrill und voller Angst, aber wegen ihrer Panik, die wie eine Sirene in ihren Ohren dröhnte, konnte sie nicht verstehen, was er sagte. Die Sirene übertönte alles. So laut, so unerträglich laut.

Sie konnte nicht denken. Sie konnte nicht hören.

Rief Pete sie? Lief sie weg? Stieg sie in ihr Auto und suchte nach ihren Wagenschlüsseln?

»Komm zurück, Joanna!«

Sie konnte nichts hören. Die Sirene beherrschte ihren Verstand.

»Wir müssen ihm helfen! Joanna! Komm zurück!«

Was sagte er? Komm zurück? Aber wie konnte sie zurückkommen?

Wenn sie blieb, würde ihre Mutter herausfinden, dass sie sich aus dem Haus geschlichen hatte. Ihre Mutter würde alles herausfinden. Alle Leute würden erfahren, was sie getan hatte. Wie konnte sie dableiben?

Ihre Mutter würde ihr das Auto wegnehmen. Ihr die Kreditkarten wegnehmen. Ihr – alles nehmen.

Und das allein wegen Dex?

Sollte sie hierbleiben und ihr Leben wegen Dex ruinieren?

Sie wäre ja geblieben – wenn es nicht bereits zu spät gewesen wäre.

Denn sie hatte gehört, wie er in den Abgrund gestürzt war. Sie hatte das entsetzliche Geräusch gehört, als er unten aufgeprallt war.

Dieses Geräusch würde sie wahrscheinlich den Rest ihres Lebens hören.

Nein. Das ist unmöglich, Dex. Ganz und gar unmöglich.

Armer, toter Dex.

»Joanna, komm zurück! Wir müssen ihm helfen! Wir müssen ihn retten!«

Ihm helfen? Ruft Pete mir das zu?

Doch die Sirene war so laut, so fürchterlich laut. Vielleicht verstummt die Sirene, wenn ich jetzt fahre, richtig schnell fahre.

Sie hatte bereits den Rückwärtsgang eingelegt. Sie entfernte sich bereits von dem Holzzaun.

Nein, Dex. Das ist unmöglich.

Ich kann mein Leben nicht deinetwegen ruinieren. Außerdem wollte ich mich sowieso von dir trennen. Begreifst du das denn nicht? Du bist einfach nicht der Richtige für mich. Du gehörst nicht zu meiner Gesellschaftsschicht. Das verstehst du doch, oder?

Verstehst du das?

Die Reifen quietschten, als Joanna das Gaspedal durchtrat und der Wagen schlingernd über den Weg raste, mit den Hinterrädern Kies aufwirbelnd.

Soll ich etwa auf mein Auto verzichten? Und meinen … guten Ruf verlieren?

Sheps Gesicht tauchte vor ihrem geistigen Auge auf. Er sah so lieb und gut aus. Bei ihm konnte sie sich sicher fühlen.

Tut mir Leid, Dex. Ich hole Hilfe. Mach dir keine Sorgen. Ich lasse dich nicht allein. Ich hole Hilfe.

Ja, das würde sie tun. Sofort, wenn sie nach Hause kam, würde sie 911 wählen. Und den Cops sagen, sie sollten zum Kliff fahren.

Dann würde sie Dex schließlich doch noch retten. Sie fuhr gar nicht davon. Sie fuhr nur davon, um Hilfe zu holen.

Jetzt fühlte sie sich besser. Pete wird das schon begreifen.

Ich hole Hilfe.

Die Reifen quietschten wieder, als Joanna in die Town Road einbog. Da merkte sie, dass sie viel zu schnell fuhr.

Aber ich muss schnell fahren, weil ich für Dex Hilfe hole. Sobald ich zu Hause bin. Sobald ich kann.

Den Truck sah sie erst, als es zu spät war. Als Erstes sah sie die Lichter. Sie fragte sich, warum plötzlich alles so hell war. Dann dachte sie, dass das Licht nicht wirklich war, sondern ein Teil ihrer Panik, wie die Sirene.

Aber die Lichter wurden noch heller.

Diese Lichter waren die Scheinwerfer eines Trucks. Der Truckfahrer riss das Steuer herum, weil er einen Zusammenstoß vermeiden wollte. Aber die Straße war zu schmal.

Als Joanna merkte, dass sie frontal auf den Truck zufuhr, war es für jede Reaktion zu spät.

Die Scheinwerfer wurden heller und heller … alles schien in gleißendes Licht getaucht …

Und dann verstummte die Sirene – ein fürchterliches Krachen aus splitterndem Glas und kreischendem Metall dröhnte in ihren Ohren.

Und dann erloschen die Lichter und es wurde ganz dunkel.

5

Das Dunkel lichtete sich zu einem düsteren Grau. Schatten im trüben Nebel. Wolken. Schwere, graue Wolken. Und dann – nichts mehr.

Joanna öffnete die Augen.

Das Zimmer war nur ein verschwommener Fleck. Ein dunkler warmer Fleck. Es war sehr still. Unheimlich still.

Diese Stille ist ohrenbetäubend, dachte sie.

Und merkte erst dann, dass sie wach war. Und das Zimmer – es nahm schnell scharfe Konturen an – ihr Schlafzimmer war. Sie sah, wie das Mondlicht durchs offene Fenster die Schatten der Bäume auf die vertraute Tapete warf, und war erleichtert.

Das war ihr Zuhause. Sie war daheim.

Prüfend hob Joanna den Kopf. Ihren linken Arm, dann den rechten. Sie streckte sich. Mir tut nichts weh. Ich bin okay. Mir geht es gut.

Ich habe wohl geträumt, dachte sie und gähnte. Ich habe den Truck geträumt. Die Scheinwerfer, diese blendenden gelben Scheinwerfer waren nicht wirklich gewesen. Der Unfall war nicht geschehen. Es war nichts passiert.

Mir geht es gut.

Sie schlug die Bettdecke zurück und wollte aufstehen, doch ein Flattern am Fenster ließ sie erstarren.

Hatten sich nur die Vorhänge bewegt?

Nein. Sie hörte ein Kratzen an der Hauswand, ein leises dumpfes Geräusch.

Das ist merkwürdig, dachte sie. Warum steht das Fenster im Oktober weit offen?

Noch andere Dinge verwirrten sie. Zum einen die Stille. Bis auf das dumpfe Scharren draußen war es unheimlich still.

Wo war ihre Mutter? Warum saß sie nicht an ihrem Bett und wartete, dass sie aufwachte?

Weil es keinen Unfall gegeben hat, sagte sie sich. Weil alles nur ein Traum war.

Eine dunkle Gestalt tauchte im Fenster auf, umfasste mit einer Hand den Rahmen, schwang zuerst ein Bein, dann das zweite über die Brüstung, sprang ins Zimmer und trat in das vom Mondlicht gezeichnete Viereck auf dem Fußboden.

»Dex!«, schrie sie.

»Psst«, zischte er und legte einen Finger an die Lippen. Seine Augen leuchteten wie dunkle Edelsteine.

»Dex – bist du okay?«, fragte sie und dachte: Wir sind beide okay.

Sein Lächeln schien das Zimmer zu erwärmen. »Es ist eine wunderschöne Nacht«, flüsterte er. »Komm, zieh dich an. Wir machen einen Spaziergang.«

»Einen Spaziergang?«

Sie fragte sich, wie spät es war und welcher Tag. Wie war sie in ihr Bett gekommen?

Dann fiel ihr ein, dass sie die ganze Zeit in ihrem Bett gewesen war und nur einen schrecklichen Albtraum gehabt hatte.

»Okay«, sagte Joanna, stand schnell auf, fühlte sich leicht wie Luft, schwebte durchs Zimmer und nahm aus der Kommode ihren Designer-Jogginganzug.

»Beil dich!«, flüsterte er sehr aufgeregt und glücklich.

Im Nu war sie angezogen und schon auf dem Weg zur Tür, als sie unschlüssig stehen blieb, zu Dex ging, seinen Arm packte und fest zudrückte.

Er war kein Geist. Er war da. Er existierte wirklich.

»Was ist denn mit dir los?«, fragte er lachend.

»Nichts«, sagte sie. Warum sollte sie näher darauf eingehen?

Da fiel ihr ein, dass sie beschlossen hatte, mit ihm Schluss zu machen. Das muss ich ihm sagen, dachte sie. Es wird nicht leicht sein, aber ich muss es ihm sagen. Vielleicht rede ich mit ihm, während wir spazieren gehen.

Jetzt waren sie beide draußen und fingen an zu joggen. Es tat so gut, sich zu bewegen, den kühlen Wind auf dem Gesicht zu spüren.

Sie lief ein bisschen schneller und ließ Dex hinter sich.

»Hey, warte auf mich!«

Er bleibt immer ein bisschen hinter mir zurück, dachte Joanna. Er wird mich nie wirklich einholen können.

Doch noch immer war es so still. Eine fast greifbare Stille.

Es musste schon sehr spät sein. Denn auf den

Straßen fuhren keine Autos und in den Häusern brannte kein Licht. Der Wind wehte, aber die Äste der Bäume bewegten sich nicht. Das braune Laub lag wie erstarrt auf der Erde.

Seltsam.

Joanna lief noch ein bisschen schneller.

»Hey …«, rief Dex wieder. Er war jetzt mehrere Meter hinter ihr.

Sie drehte sich nicht um. Es tat so gut zu laufen, sich zu bewegen, sich wohlzufühlen.

»Hey …«

Ohne das Tempo zu verringern, schaute sie zurück. Jetzt lief sie wirklich schnell und war kein bisschen außer Atem.

»Hey …«

Dex war wütend. Was hat er nur?, dachte Joanna.

Wieder drehte sie sich um. Eine Straßenlaterne warf ihren Lichtkegel auf ihn. Seine Augen waren zusammengekniffen und er bleckte wütend die Zähne.

Er sieht Furcht erregend aus, dachte Joanna. Und ihr nächster Gedanken erschreckte sie noch mehr: Er läuft nicht mehr hinter mir her – er jagt mich.

»Hey!«

Sie wusste, dass sie allen Grund hatte, schnell zu laufen. Sie steigerte ihr Tempo und schaute noch mal kurz zurück. Auch Dex lief jetzt schneller.

Er holte sie ein.

Warum tat er das? Warum sah er so Furcht

erregend, so wütend aus? Sie wollte stehen bleiben, hatte aber Angst vor ihm.

Wo waren sie jetzt?

Die Häuser waren plötzlich verschwunden. Die Wälder wichen flachen Feldern. Vor dem purpurroten Nachthimmel sah sie niedrige, schwarze Hügel.

Wie weit sind wir gelaufen? Mir kommt es nicht so vor, als wären wir schon lange unterwegs.

»Hey … du …«

Seine Stimme klang so wütend, so voller Hass.

Er will mich fangen, dachte sie und spürte, wie ihre Beine anfingen zu schmerzen und auch ihre Lungen, als sie keuchend nach Luft rang. Er wird mich fangen und dann …

Und dann?

Ein kalter Schauder lief ihr über den Rücken.

Sie zwang sich, schneller zu laufen. Jeder Schritt tat jetzt weh, bei jedem Aufprall ihrer Füße schoss ihr der Schmerz durch die Wirbelsäule. Aber sie musste weiterlaufen.

»Joanna … bleib stehen!«

Sie ignorierte sein wütendes Rufen und schnappte mit offenem Mund keuchend nach Luft. Ihre Sneakers versanken in der weichen nassen Erde.

War das Erde?

Der Boden schien sich zu senken und dann wieder anzusteigen. Die weiche Erde wurde zu hartem Gestein.

Das Vorgebirge breitete sich vor ihr aus.

Sie hatten die Ausläufer des Vorgebirges erreicht. Bis dahin hatte er sie gejagt. War das von Anfang an sein Ziel gewesen?

Ein paar Meter vor den Klippen blieb sie keuchend und am ganzen Körper vor Schmerz zitternd stehen. Schnell drehte sie sich um.

»Dex … nein!«

Mit hassverzerrtem Gesicht kam er direkt auf sie zugelaufen.

»Dex … warum tust du das?«

Er schien sein Tempo noch zu steigern, statt langsamer zu werden. Jetzt war er nur noch ein paar Meter entfernt. Seine dunklen Augen brannten sich in ihre. Mit weit aufgerissenem Mund warf er den Kopf zurück und stieß einen stummen Schrei aus.

»Dex … bleib stehen! *Bitte*!«

Doch er lief an ihr vorbei, lief direkt über den Klippenrand. Frei schwebend bewegte er scherenartig die Beine und fuchtelte wild mit den Armen. Er drehte sich in der Luft, sah sie vorwurfsvoll an und stürzte in den Abgrund.

Jetzt fing Joanna an zu schreien. Mit fest geschlossenen Augen warf sie den Kopf in den Nacken und schrie und schrie.

Aber kein Ton kam aus ihrem Mund.

Als sie die Augen öffnete, lag sie in einem sehr hellen, weißen Zimmer. Und über ihr schwebte das Gesicht ihrer Mutter.

Joanna sah die netzartigen Fältchen in den Augenwinkeln, die kleinen Poren ihrer geschminkten Wangen, den orangefarbenen Lippenstift auf ihren Lippen. Sie sah das Gesicht ihrer Mutter so deutlich. Tränen hatten auf dem Make-up ihrer Wangen eine feuchte Spur hinterlassen.

Ihre Mutter lächelte breit. Zu breit.

»Sie kommt jetzt zu sich«, sagte eine Frau irgendwo hinter ihrer Mutter.

»Ja. Sie wacht langsam auf«, sagte eine andere Frau.

Das Lächeln ihrer Mutter wurde noch breiter. Sie beugte sich so tief über Joanna, dass sich ihre Nasen beinahe berührten.

»Was?«, fragte Joanna.

»Bald ist sie wieder ganz da«, sagte eine der unsichtbaren Frauen.

»Das hat sie sehr gut gemacht«, fügte die andere gedämpfte Stimme hinzu.

Das Gesicht ihrer Mutter blieb reglos und schwebte über Joanna wie ein rosa Luftballon.

Ich träume noch immer, dachte Joanna.

»Bald geht's dir wieder gut«, sagte ihre Mutter noch immer lächelnd. Ihr Gesicht wich etwas zurück. Tränen rannen über ihre Wangen.

Ja, mir wird's wieder gut gehen, weil ich noch immer träume.

Sie versuchte sich aufzusetzen.

Alles tat weh.

Ich bin gelähmt, dachte sie, und die heitere Gelassenheit ihres Traums schlug in Panik um.

»Hey ...«

»Bald geht's dir wieder gut«, wiederholte ihre Mutter leise weinend.

Ich glaube dir nicht, dachte Joanna.

Wieder versuchte sie sich aufzusetzen. Als ihr

das nicht gelang, wollte sie die Arme bewegen. Auch das war nicht möglich.

»Hilf mir ... Mom ...«

»Jetzt ist sie ganz da«, hörte Joanna jemanden sagen.

»Das ist ein gutes Zeichen«, sagte die andere Stimme.

Wer *sind* diese Frauen?, fragte sich Joanna wütend.

»Beweg dich nicht«, sagte ihre Mutter.

»Das kann ich doch gar nicht«, entgegnete Joanna mit ganz kleiner Stimme, wie ein Baby.

Ich bin wieder ein Baby, dachte sie. Und wurde gerade wieder geboren.

Ein verrückter Gedanke.

Wahrscheinlich bin ich narkotisiert worden oder so was.

Ein verrückter Gedanke, der wahrscheinlich richtig war.

Am erstarrten, tränenfeuchten Gesicht ihrer Mutter vorbei schaute sie die weiße Fliesenwand an, sah die hellen Neonlichter, die zwei Krankenschwestern in weißer Uniform an der Tür.

Ich bin im Krankenhaus.

Und das ist kein Traum.

So viele Eindrücke konnte sie nicht verarbeiten. Allein das *Sehen* kostete sie ihre ganze Kraft und Konzentration.

»Bald geht's dir wieder gut«, wiederholte ihre Mutter. Es klang wie der Refrain eines Songs.

Du warst schon immer eine schlechte Lügnerin, dachte Joanna.

Sie hasste den Geruch nach vergorenen Orangen des Make-ups ihrer Mutter. So widerlich.

Diesen Geruch noch immer in der Nase schlief sie wieder ein.

»Sie braucht jetzt viel Schlaf«, sagte eine Stimme in der Nähe.

»Du hattest wirklich sehr viel Glück«, sagte ihre Mutter ein paar Tage später. Sie saß steif auf einem Klappstuhl neben dem Krankenhausbett, ihren Pelzmantel auf dem Schoß. »Dein schönes Gesicht blieb verschont.«

»Aber sonst kein Teil meines Körpers«, stöhnte Joanna.

»Also wirklich, Joanna. Du hast keinen Grund, dich zu beklagen. Ein Truck wie dieser … du hättest … du hättest …« Sie biss sich auf die Unterlippe. »Ein paar gebrochene Knochen. Wirklich, Liebes. Du solltest sehr dankbar sein.«

»Ja. Dankbar«, wiederholte Joanna.

Die Schmerzmittel, die in ihren Arm gepumpt wurden, gaben ihr das Gefühl, nicht wirklich im Zimmer zu sein, so als hätte sie den Platz mit ihrem Schatten getauscht. Ihr Schatten lag geschient und bandagiert auf diesem harten Krankenhausbett. Ihr richtiger Körper – und ihr Geist – waren irgendwo anders.

Immer wieder schlief sie ein, manchmal mitten im Satz. Bis auf ihre Mutter durfte niemand sie besuchen. Und diese Besuche erschöpften sie. Joanna wünschte sich, ihre Mutter würde aufhören, sie so intensiv anzustarren. Sie wünschte sich, die

Krankenschwestern würden aufhören, irgendwelches Zeug in ihre Adern zu pumpen, damit sie wieder klar denken konnte.

»In ein paar Wochen bist du wieder so kräftig, dass du mit der Bewegungstherapie für dein Bein anfangen kannst«, sagte Mrs. Collier sachlich.

»Ja. Und auch dafür bin ich so dankbar«, entgegnete Joanna sarkastisch.

»Hör bloß damit auf, Joanna. Gehen wir's doch langsam an – ein Tag nach dem anderen.«

»Meinst du damit nicht – ein Klischee nach dem anderen?«, stichelte Joanna und wusste, dass sie es ihrer Mutter schwer machte, aber das war ihr egal.

»Dein Unfall war für uns alle ein fürchterlicher Schock«, sagte Mrs. Collier, ohne auf den Sarkasmus ihrer Tochter einzugehen. »Als mich um drei Uhr morgens die Polizei aus dem Bett holte und mir mitteilte, dass du … dass du einen schweren Autounfall hattest und …«

Da erst merkte Joanna, dass sie ihrer Mutter ja noch nichts erzählt hatte.

»Warum warst du überhaupt unterwegs, Joanna? Warum hast du dich aus dem Haus geschlichen?«

Joanna hatte einfach noch nicht die Kraft, jetzt irgendwelche Erklärungen abzugeben. In diesem Schwebezustand zwischen der wirklichen und dieser watteweichen, durch die Schmerzmittel geschaffenen Welt, hatte sie selbst nicht einmal mehr an diese entsetzliche Nacht gedacht.

Hatte sie nicht einmal an Dex gedacht.

Und während sie sich noch fragte, wie sie je eine Erklärung dafür finden sollte, schlief sie gleich wieder ein.

»Pete?«

Joanna wollte sich aufsetzen, doch dann fiel ihr ein, dass sie es nicht konnte. Sie schaute sich nach ihrer Mutter um, aber die war nicht da. Jetzt saß Pete verlegen auf dem Klappstuhl.

Sein Gesicht war gerötet und seine Blicke schossen blitzschnell zwischen ihrem Gesicht und dem Fußboden hin und her. Die Hände hielt er fest verschränkt auf seinem Schoß.

»Pete?«

»Hi, Joanna. Bist du wach? Ich meine …«

»Nein. Ich rede im Schlaf. Pete, bist du okay?«

»Ja. Mir geht's gut.« Sein Gesicht wurde noch röter. »Deine Mom hat mir gesagt, dass es dir bald wieder besser geht.«

»Das sagt sie mir wohl vierhundertmal am Tag«, meinte Joanna bitter und verdrehte die Augen. Nur diese Bewegung verursachte ihr keine Schmerzen. »Also muss es eine Lüge sein.«

Pete starrte sie nur an. »Du hast ziemlich viel abgekriegt, wie?«

Ihre gebrochenen Rippen schmerzten, als sie trocken auflachte. »Eine gute Frage, Pete. Fällt dir sonst noch was ein?«

Er zupfte an seinem diamantenen Ohrstecker.

Eine Weile herrschte Schweigen und er starrte sie nur an. Joanna hatte das Gefühl, als würde er auf etwas warten.

Schließlich fragte er wütend und vorwurfsvoll: »Willst du mich nicht fragen, was mit Dex ist?«

Was ist nur mit mir los?, wunderte sich Joanna. Warum *habe* ich nicht nach Dex gefragt? Liegt das an diesen grässlichen Medikamenten? Verliere ich den Verstand? Versuche ich jede Erinnerung an diese Nacht zu verdrängen?

»Tja, Dex ist tot«, schrie Pete jetzt und sprang auf, das Gesicht voller Ekel. »Dex ist noch in jener Nacht gestorben. Er hat's nicht geschafft. Und du fragst nicht einmal nach ihm.«

6

Mary kam ein paar Tage später zu Besuch. Oder war es noch am selben Tag? Joanna hatte jedes Zeitgefühl verloren und gab sich auch keine Mühe, auf dem Laufenden zu bleiben.

»Psst. Ich habe dir was mitgebracht«, flüsterte Mary und tat sehr geheimnisvoll, als sie in ihrer voluminösen bestickten Umhängetasche kramte, die sie immer bei sich hatte.

»Deine Frisur gefällt mir«, sagte Joanna.

»Meine Haare? Ich habe sie nicht einmal gebürstet«, entgegnete Mary und kramte weiter. »Ach, da ist es ja«, rief sie und schaute zur Tür, als wollte sie sich vergewissern, dass niemand ins Zimmer kam.

Joanna musste über die Geheimniskrämerei ihrer Freundin lachen und fragte: »Mary … was, um Himmels willen …«

Mary gab ihr einen Snickers-Riegel. »Schnell … versteck ihn.«

»Ein Snickers-Riegel? Mary … ich bin gerührt!«

»Versteck ihn«, drängte Mary, »ehe sie ihn dir wegnehmen. Ich habe mir gedacht, dass du jetzt endlich mal nicht auf dein Gewicht achtest.«

»Wie aufmerksam von dir, mir so ein passendes Geschenk zu machen«, sagte Joanna und steckte den Schoko-Riegel unter das Laken.

Die Mädchen unterhielten sich zunächst angeregt, doch dann ging ihnen allmählich der Gesprächsstoff aus und beide merkten, dass sie sich jetzt weniger zu sagen hatten, weil sie nicht mehr in dieselbe Schule gingen und nicht mehr dieselben Freunde hatten.

Sie redeten über Joannas gebrochene Knochen und wie ihre Mutter mit der Situation fertig wurde. Mary erzählte von ihrer Schule und einem Jungen, den sie im Einkaufszentrum kennen gelernt hatte.

Und dann, als hätte Mary die ganze Zeit darauf hinausgewollt, sagte sie: »Pete hat mir von … Dex erzählt.«

»Ja«, sagte Joanna und rückte die Kanüle, die in ihrer Vene am Handgelenk steckte, zurecht.

»Wie … wie schwer das für dich sein muss«, sagte Mary und starrte Joanna so eindringlich an, als suche sie in deren Augen nach etwas.

»Ja. Also …« Joanna wusste nicht, welche Antwort Mary von ihr erwartete. Und warum starrte ihre Freundin sie so intensiv an?

Zwischen beiden herrschte betretenes Schweigen, bis Joanna gestand: »Ich wünschte mir, ich würde mehr empfinden.«

»Was? Wie meinst du das?«, fragte Mary überrascht.

»Na ja, es ist so schrecklich. Als Pete mir sagte, dass Dex tot sei, war mein erster Gedanke: Jetzt muss ich nicht mehr mit ihm Schluss machen.«

Mary stammelte mit offenem Mund: »Wirklich? Das hast du als Erstes gedacht?«

Oje! Ich bin zu weit gegangen, dachte Joanna. Ich war zu ehrlich. Ich hätte es besser wissen müssen. Ich hätte wissen müssen, dass diese Antwort Mary schockieren würde. Mich schockiert meine Reaktion ja auch auf gewisse Weise.

»Hast du wirklich *nichts* gefühlt?«, fragte Mary, rutschte unruhig auf dem kleinen Klappstuhl rum und spielte mit dem Verschluss ihrer Umhängetasche.

»Ich hab's wohl noch nicht begriffen«, entgegnete Joanna. Sie fühlte, wie sie wieder müde wurde und wünschte sich nur, Mary möge einfach gehen.

»Oh.«

»Diese Schmerzmittel machen mich ganz benommen. Ich bin wie betäubt. Bestimmt habe ich später andere Gefühle.«

Mary starrte ihre Freundin nur an. Und in ihren Augen lag ein ganz ähnlicher Ausdruck wie in Petes.

»Na ja, ich weiß, das klingt ziemlich kalt …«, redete Joanna weiter und hörte plötzlich auf, sich zu rechtfertigen.

Meine Gefühle gehen nur mich etwas an, sagte sie sich. Ich muss weder Mary noch Pete noch sonst jemandem erklären, was ich empfinde. Schließlich bin ich diejenige, die Dex hat sterben sehen. Ich habe ihn von der Klippe fallen sehen. Ich habe den Ausdruck in seinem Gesicht gesehen, als ihm bewusst wurde, dass er in den Abgrund stürzte.

Dieses furchtbare Erlebnis reicht für ein ganzes Leben.

Aber du bist davongelaufen, sagte eine Stimme

in ihr. Du hast ihm nicht geholfen. Du bist davongelaufen.

Ich wollte Hilfe holen, antwortete Joanna sich selbst. Ich hätte Hilfe geholt, wäre dieser Truck nicht …

Wen kümmert das noch? Dex ist tot und ich liege hier mit gebrochenen Knochen.

Wen kümmert das noch?

Hör auf, mich wie einen ekelhaften kalten Fisch anzustarren!

Als hätte Mary Joannas Gedanken gelesen, sprang sie plötzlich auf und sagte: »Ich habe gar nicht gemerkt, wie spät es schon ist. Ich muss jetzt gehen.«

Mary hat nicht einmal auf ihre Uhr geschaut, dachte Joanna. Sie hat doch keine Ahnung, wie spät es ist. »Ich danke dir, dass du gekommen bist«, sagte sie.

»Gute Besserung«, sagte Mary. »Ruh dich aus.«

»Was soll ich denn sonst tun?«

Mary kicherte nervös. »Ich komme mal wieder vorbei. Ich meine, wenn ich Zeit habe. Tschüs.« Und ging schnell aus dem Krankenzimmer, ohne einen Blick zurückzuwerfen.

»Was hat sie denn? Habe ich was Falsches gesagt?«, fragte Joanna laut und legte den Kopf zurück auf ihr Kissen.

Na und? Na und? Na *und*? Tut mir Leid, Dex. Aber was soll's?

»Du willst doch heute Abend nicht noch lernen, Joanna, oder?«

»Nein, Mom. Ich trage nur diese Bücher in mein Zimmer hoch. Heute Abend habe ich eine Verabredung.«

»Oh, das freut mich.« Ihre Mutter ließ sich müde in den übergroßen Wohnzimmersessel fallen und legte die Füße auf den Polsterhocker. »Ich habe mir schon Sorgen gemacht, weil du so hart arbeitest.«

»Na ja, immerhin habe ich sechs Wochen in der Schule gefehlt.«

»Ich bin sehr zufrieden mit dir, Joanna. Du machst gute Fortschritte«, sagte Mrs. Collier, hob die Füße und betrachtete ihre geschwollenen Knöchel. »Der Physiotherapeut hat gesagt, die Bewegungstherapie tut deinem Bein so gut, dass du wahrscheinlich zu Weihnachten damit aufhören kannst.«

»Vielleicht nennen mich die Leute dann nicht mehr hinter meinem Rücken ›Hinkebein‹«, entgegnete Joanna und ging zur Wohnzimmertür, wobei sie sich zwang, nicht zu hinken, obwohl ihr Bein schmerzhaft pochte.

»Ich habe Mary schon eine ganze Weile nicht mehr gesehen«, sagte Mrs. Collier und hielt Joanna zurück. »Hat sie dich im Krankenhaus besucht?«

»Ja. Einmal«, sagte Joanna, bitterer als beabsichtigt, und fügte schnell hinzu: »Wahrscheinlich hat sie viel zu tun. Außerdem ist es schwer, mit Jugendlichen von anderen Schulen Kontakt zu halten.«

Wieder wollte sie gehen, aber ihre Mutter setzte die Unterhaltung unbeirrt fort. »Und was ist mit Dex?«, fragte sie. »Triffst du dich heute Abend mit ihm? Er war nicht einmal hier, seit du ...«

Joanna stieß einen stummen Stoßseufzer aus.

Ihre Mutter redete zwar weiter, aber ihre Stimme schien immer schwächer zu werden, als hätte jemand die Lautstärke runtergedreht.

Ich hab's ihr nie erzählt, wurde Joanna plötzlich klar.

Sie hat nie nach Dex gefragt, und ich habe ihr nicht erzählt, was passiert ist. Sie hat überhaupt keine Ahnung und weiß nicht, dass Dex tot ist. Sie weiß nicht, warum ich mitten in der Nacht draußen unterwegs war. Nichts weiß sie.

Und sie *will* es gar nicht wissen.

Jede andere Mutter hätte eine Erklärung verlangt, sagte sich Joanna. Jede andere Mutter hätte jede Einzelheit wissen wollen.

Vielleicht ist das mein Glück. Mein Glück, weil es ihr nicht wichtig genug ist, danach zu fragen.

Mir ist es auch egal. Also haben wir beide Glück.

»Ich treffe mich nicht mehr mit Dex«, sagte Joanna mit flacher, emotionsloser Stimme.

»Ach, tatsächlich?«

Mrs. Collier machte auf cool, aber Joanna wusste, wie sehr sie diese Neuigkeit freute. Ihre Mutter hatte Dex nie ausstehen können, hauptsächlich aus denselben Gründen, weshalb Joanna mit ihm hatte Schluss machen wollen.

»Heute Abend bin ich mit Shep verabredet«, sagte Joanna.

»Mit Shephard Forrest?«

Joanna nickte.

Ein zufriedenes Lächeln umspielte Mrs. Colliers Lippen, als sie hinzufügte: »Hilda Forrests Sohn? Wie schön.«

»Es freut mich, dass du damit einverstanden bist«, giftete Joanna, weil sie sich ärgerte, dass ihre Mutter so zufrieden war.

»Ich wollte nicht … Na ja … ich finde, Shephard passt besser zu dir.«

»Passt besser zu mir?«, wiederholte Joanna und lachte verächtlich. »Was für ein Ausdruck!«

Warum mache ich es meiner Mutter nur so schwer?, fragte sie sich. Ich finde doch auch, dass Shep besser zu mir passt.

Aber es steht ihr nicht zu, das zu sagen.

Ich sollte ihr erzählen, dass Dex von der Klippe gestürzt und gestorben ist. Nur um zu sehen, wie sie sich dann dreht und windet. Und ob ihr auch dazu eine *passende* Bemerkung einfällt.

Doch stattdessen nahm sie nur ihre Bücher auf den anderen Arm und ging schnell nach oben in ihr Zimmer, um sich für ihre Verabredung mit Shep zurechtzumachen.

»Mir gefällt dein Pullover, Shep«, sagte Joanna. »Ist er aus Kaschmirwolle?«

»Ich glaube schon. Du darfst ihn berühren, wenn du dir vorher die Hände wäschst«, sagte er mit diesem hinreißenden schiefen Grinsen, bei dem sich ein Grübchen in der linken Wange zeigte.

Sie lachte und rieb über den Ärmel des hellblauen Pullovers. »Ja. Es ist Kaschmirwolle.«

»Meine Großmutter hat ihn mir geschenkt«, sagte Shep und errötete ein bisschen, als Joanna ihre Hand auf seinem Arm liegen ließ.

Er hatte darauf bestanden, mit ihr zum Winter-

Ball in der Garland High School zu gehen, die er bis zu seinem Wechsel zur Landover Privatschule besucht hatte. »Das wird 'ne Super-Party«, sagte er.

Joanna kannte dort niemanden und die Idee, zu einem Ball in der staatlichen High School zu gehen, fand sie deprimierend. Da sie aber nicht wollte, dass Shep sie für einen Snob hielt, stimmte sie lächelnd zu.

»Vielleicht sollte ich etwas weniger Schickes anziehen«, hatte sie gesagt, als er ihr gleich bei seiner Ankunft im Haus seine Pläne für den Abend verkündet hatte. Sie trug eine kastanienbraune Seidenbluse und einen Minirock aus dunklem Wildleder über schwarzen Strumpfhosen.

»Ich finde, du siehst okay aus«, sagte er etwas beklommen.

Sie mochte seine Schüchternheit. Er sieht so unglaublich gut aus, dachte sie, dass ihn diese gewisse Scheu menschlicher macht.

»Fahren wir mit meinem Auto?«, fragte sie automatisch, da sie noch so daran gewöhnt war, Dex herumzufahren.

»Auf keinen Fall«, sagte er, führte sie zur Haustür und deutete zur Auffahrt. »Da, schau.« Im Licht der Verandalampe glänzte ein sündhaft teurer, nagelneuer, silberner Sportwagen.

Joanna stand mit offenem Mund da und fragte schließlich: »Gehört der dir?«

Grinsend antwortete er: »Meine Großmutter hat ihn mir geschenkt.« Dann fuhr er sich mit der Hand durch sein welliges blondes Haar.

»Du hast aber eine *nette* Großmutter!«, scherzte Joanna.

»Na ja, sie ist sehr alt und sehr reich«, sagte Shep ernst. »Und sehr einsam. Und ich bin ihr einziger Enkel.«

»Du Glückspilz«, sagte Joanna und legte ihm wieder die Hand auf den Arm. »Dann fahren wir ja in großem Stil zum High School-Schwof!«

In der Turnhalle der Garland High School schienen sich alle zu freuen, Shep zu sehen. Ständig kamen Kids zu ihm und fragten, wie es ihm denn in Landover erginge und ob er seine Freunde an der Garland vermisse.

Shep fühlte sich bei seinen früheren Freunden sichtlich wohl. Das nennt er eine Super-Party, dachte Joanna etwas verärgert, weil Shep so aufgeregt und fröhlich war. »Mein Gott, sieh dir nur die Klamotten dieses Girls an«, sagte sie und deutete auf ein Mädchen, das einen braunen Rock mit Fransen trug und dazu weiße Plastikstiefel. »Wie billig das aussieht.«

»Ich find's ziemlich sexy«, erwiderte Shep, fast abwehrend.

»Ein paar Dollar hätte die Schulverwaltung schon ausgeben können, um die Halle ein bisschen schöner zu dekorieren«, meckerte Joanna. »Luftballons und Luftschlangen aus Krepppapier. Also wirklich!«

Shep stimmte zu ihrer Überraschung jedoch nicht in ihr Gelächter ein, sondern sagte: »Sieht doch gar nicht so übel aus. Die Garland kann es sich im Gegensatz zur Landover nicht leisten, ihre

Bälle in einem Hotel zu veranstalten. Aber die Stimmung ist doch toll, meinst du nicht auch?«

Joanna stimmte hastig zu. »Ja, alle amüsieren sich großartig«, sagte sie mit gespielter Begeisterung. »O nein! Sieh dir doch mal die Frisur dieses Mädchens an! Einfach unglaublich!«

Shep sah sie mit einem seltsamen Lächeln auf den Lippen an. »Joanna, was bist du nur für ein Snob«, sagte er zwar scherzhaft, doch der missbilligende Unterton in seiner Stimme war nicht zu überhören.

Ich sollte lieber vorsichtig sein, dachte Joanna. Shep weiß wohl meinen Sinn für Humor nicht zu schätzen.

Sie tanzte mit ihm zu einer plärrenden Musik aus misstönenden Lautsprechern und beteiligte sich an der lautstarken Unterhaltung mit seinen Freunden, die alle ziemlich nett zu sein schienen. Kurz vor elf sagte sie Shep zum ersten Mal, dass sie gehen wolle. Um halb zwölf hatte er sich von allen verabschiedet und sie gingen über die Straße zu seinem Auto.

»Ich habe dir doch gesagt, das wird eine Super-Party«, meinte er, den Arm lässig um ihre Schultern gelegt. Sein Mantel roch wie die Turnhalle.

Meiner wahrscheinlich auch, dachte Joanna unglücklich. »Ja. Ich mag deine Freunde«, sagte sie, sehr bemüht, aufrichtig und begeistert zu klingen.

Während der Fahrt nach Hause saß sie dicht neben ihm. Raureif hatte die Welt um sie herum silbern gefärbt und es sah aus, als hätte es geschneit. Sie schmiegte ihren Kopf an seine Schulter und schaute zu ihm hoch, um sich zu vergewissern, ob ihm diese Geste gefiel.

»Willst du nächstes Wochenende mit mir ins Kino gehen oder irgendetwas anderes unternehmen?«, fragte er, den Blick starr nach vorne gerichtet.

»Ja, gern«, sagte sie leise und hatte insgeheim das Gefühl, einen Sieg errungen zu haben. Shep hängt an der Angel, dachte sie. Der steht auf mich.

Nach einem tiefen Atemzug sagte sie glücklich: »Ich liebe den Geruch eines neuen Autos.«

An der Haustür gab er ihr einen Gutenachtkuss. Als er sich von ihr lösen wollte, umfasste sie mit beiden Händen seinen Hinterkopf, zog ihn an sich und presste ihre Lippen in einem langen, innigen Kuss auf seinen Mund. Mit einem schiefen Grinsen im Gesicht ging er schließlich zu seinem Auto.

Sie wartete, bis er eingestiegen war. Er gab Vollgas, ließ den Motor aufheulen, sodass die Auspuffgase wie eine weiße Wolke in der Dunkelheit aussahen, und rollte dann leise rückwärts die Auffahrt hinunter.

Ein Punkt für mich, dachte Joanna, als sie die Tür aufschloss und ins Haus ging. Er passt so gut zu mir. Er hat zwar nur wenig Sinn für Humor, aber ich biege ihn mir schon hin.

In ihrem Zimmer angekommen, zog sie sich gerade aus, als ihr Handy läutete. Sie warf einen Blick auf die Uhr. Es war fünf Minuten nach Mitternacht.

Wer konnte das sein?

Nach dem zweiten Läuten, einen Arm noch immer in ihrer Bluse, meldete sie sich: »Hallo?«

In der Leitung knisterte es. Entweder war die Verbindung schlecht, oder es war ein Ferngespräch.

»Hallo?«, wiederholte sie, etwas lauter.

»Hi, Joanna.« Die Stimme eines Jungen, von weit her. »Ich bin's.«

»Wer?«

»Joanna … ich bin's. Dex. Wie geht's dir?«

7

Joanna antwortete nicht.

Sie ließ das Handy fallen.

Die Stimme. Das *war* Dex' Stimme, dachte sie. Aber das ist unmöglich. Natürlich ist das unmöglich. Jemand spielt mir einen gemeinen Streich. Wer könnte das sein?

Wer konnte Dex' Stimme so täuschend ähnlich nachahmen? Wer wollte Joanna Angst einjagen, wollte, dass sie sich miserabel fühlte?

Pete?

Hatte Pete sie angerufen? Seit jenem Tag im Krankenhaus, als Pete gekommen war, um ihr zu sagen, dass Dex tot sei, hatte sie den Jungen nicht mehr gesehen.

Pete ist damals so wütend auf mich gewesen, erinnerte sich Joanna. So schockiert, dass sie nicht sofort nach Dex gefragt hatte. So empört, weil Joanna nicht geweint hatte, als sie diese schreckliche Nachricht erfahren hatte.

Empört. Das war das richtige Wort für Petes Reaktion.

Pete war der Einzige, der wusste, dass sie in jener Nacht am Kliff geflohen war. Dass sie nicht geblieben war, um Dex zu retten.

Aber ich bin nicht geflohen, wiederholte sie vor sich hartnäckig.

Ich bin nur so schnell wie möglich weggefahren, weil ich Hilfe holen wollte.

Hätte ich doch nur eine Chance gehabt, das Pete zu erklären, dachte sie.

Dieser fiese Typ. Sie hatte ihn nie gemocht. Er war so hässlich mit seinem pickeligen Gesicht und diesen fürchterlichen stacheligen Haaren.

Er war dämlich genug, sie anzurufen und sich als Dex auszugeben.

Aber in Wirklichkeit wusste Joanna, dass Pete sie nicht angerufen haben konnte. Pete hatte eine so hohe und krächzende Stimme, dass er unmöglich Dex' Timbre imitieren konnte.

Doch diese Stimme war Dex' Stimme so erschreckend ähnlich gewesen.

Joanna erschauderte und merkte erst jetzt, dass sie noch immer halb nackt war. Schnell zog sie sich vollends aus und stieg dabei über ihre Kleider hinweg, die sie einfach hatte fallen lassen. Aus ihrem Wandschrank nahm sie ihr wärmstes Flanellnachthemd und streifte es über.

Was war da los? Wer könnte ihr einen so dämlichen und gemeinen Streich gespielt haben?

Immer wieder gingen ihr diese Fragen durch den Kopf, aber sie fand keine Antworten darauf.

Erst nach Stunden schlief sie ein und schreckte immer wieder aus ihrem unruhigen Schlaf hoch, weil sie glaubte, das Telefon läuten zu hören.

Am Sonntag machte sie Hausaufgaben und sah sich endlose langweilige alte Filme mit blöden Liebesgeschichten im Fernsehen an.

Joanna hoffte, dass Shep sich vielleicht melden

würde, aber er tat es nicht. Also rief sie ihn nach dem Abendessen an und die beiden unterhielten sich eine Weile.

Er hat mich nie nach Dex gefragt, wurde ihr bewusst. Allerdings hat er Dex auch nicht gekannt. Aber er hat gewusst, dass ich seit langem mit einem Jungen befreundet war. Und er hat mich auch nie nach meinem Unfall gefragt.

Seltsam.

Vielleicht redet er einfach nur nicht gern über unangenehme Themen, dachte sie. Viele Menschen reagieren genauso.

Am nächsten Tag war es stürmisch und kalt – der Winter zeigte, dass er es ernst meinte. Tiefe graue Wolken hingen am Himmel, als Joanna am späten Nachmittag von ihrem Französisch-Nachhilfeunterricht nach Hause ging. Es war bereits fast dunkel; eine unheimliche, drückende Dunkelheit, als würde es jeden Augenblick anfangen zu schneien.

Wäre ich doch mit dem Auto gefahren, dachte Joanna, obwohl mein Französischlehrer nur ein paar Blocks um die Ecke wohnt.

Sie zog sich die pelzgefütterte Kapuze ihres Mantels über den Kopf und ging schneller. Ihr Bein schmerzte wegen der Kälte, aber sie zwang sich, nicht zu hinken. Bei jedem Wetterwechsel schmerzten ihr Bein, ihre Rippen und ihre Schultern. Damit musste sie sich jetzt wohl abfinden und das machte sie missmutig.

Als sie sich der Trafalgar Avenue näherte, flackerten die ersten Straßenlampen auf. Das Licht erschreckte sie. Alles sah plötzlich ganz anders aus. Schatten huschten über den Bürgersteig.

Joanna brauchte ein paar Sekunden, bis sie merkte, was passiert war. Sie starrte zur Straßenlampe hoch und für den Bruchteil einer Sekunde erinnerte sie das gelbe Licht an die Scheinwerfer des Trucks, die größer und größer, breiter und breiter geworden waren, bis das Licht sie mit einem ohrenbetäubenden Krachen verschlungen hatte.

Ihr stockte kurz der Atem, sie wandte schnell den Blick ab und schaute zur anderen Seite der Trafalgar Avenue, einer der belebtesten Straßen von Middletown, hinüber.

Am Mast der Bushaltestelle, im gelben Lichtkreis der Laterne, lehnte ein junger Mann und starrte zu ihr herüber.

»Dex?«

Er bewegte sich nicht.

Joanna erstarrte. Sie erkannte die rote Windjacke wieder. Dex hatte sie ständig getragen.

»Dex?«

Auf der Straße herrschte dichter Verkehr, da die Leute von der Arbeit nach Hause fuhren. Die Scheinwerfer der Autos blendeten sie.

Bis auf die rote Windjacke sah die Gestalt im Licht der Lampe ganz gelb und schwarz aus.

Sie starrte sie reglos an. Und Joanna starrte zurück.

Das kann doch nicht wahr sein. Das ist unmöglich.

Dex, du bist gestorben.

Joanna wusste, dass ihr ihre Augen einen Streich

spielten. Da musste ein anderer junger Mann stehen, ein anderer junger Mann mit demselben schwarzen Haar, denselben kühnen schwarzen Augen und einer roten Windjacke. Ein anderer junger Mann in derselben Pose wie Dex.

Und der genauso aussah wie Dex.

Wieder hörte sie seine Stimme, die Stimme, die am Samstagabend am Telefon gesagt hatte: »Hi, ich bin's. Wie geht's dir?«

Die Stimme aus weiter Ferne.

Die Ampel schaltete um.

Die Gestalt bewegte sich nicht. Sie lehnte unbeweglich an dem schmalen gelben Mast und starrte sie an. Joanna erschauderte – aber nicht vor Kälte.

Sie musste die Wahrheit wissen. Unbedingt.

»Dex?«

Sie trat auf die Straße, doch ein Stadtbus überfuhr in diesem Augenblick das Rotlicht und raste über die Kreuzung.

Joanna sprang erschreckt auf den Bürgersteig zurück.

Als der Bus vorbeigefahren war, schaute sie wieder über die Straße.

Dex war verschwunden.

8

Joanna wälzte sich mit einem müden Stöhnen im Bett herum und zerrte so heftig an ihrer Decke, dass das Laken am Fußende unter der Matratze herausrutschte. Sie setzte sich auf und dachte: Jetzt muss ich mein Bett neu machen.

Denn sie konnte es nicht ausstehen, wenn ihre Füße unter der Decke hervorlugten und froren.

Sie stand im Dunkeln auf und warf einen Blick auf ihre Schreibtischuhr. Viertel nach zwölf.

Warum konnte sie nicht schlafen?

Im Zimmer war es kühl und sie fröstelte trotz ihres warmen Flanellnachthemds. Vielleicht sollte ich das Fenster schließen, dachte sie, zerrte am Laken und steckte es wieder unter die Matratze. Draußen, auf der Straße fuhr ein Auto vorbei; aus dem Radio plärrte Countrymusic.

Ich kann heute einfach nicht einschlafen, dachte Joanna und schlüpfte wieder unter die Decke. Ich bin nicht einmal müde. Vielleicht sollte ich aufstehen und an meinem Referat arbeiten.

Als sie scharrende Geräusche vor ihrem Fenster hörte, setzte sie sich erschreckt auf. Dann ein Kratzen. Gummisohlen, die über Rinde kratzten.

Nein! Das war unmöglich.

Ich bilde mir das nur ein. So wie ich mir eingebildet habe, Dex an der Straßenecke gesehen zu haben.

Als eine Hand den Fenstersims umklammerte, stieß sie einen leisen Schrei aus. Dann tauchte ein Kopf im Rahmen auf.

Joanna beugte sich zur Seite und tastete mit zitternder Hand nach dem Schalter der Nachttischlampe. Beinahe hätte sie sie umgestoßen, dann schaffte sie es jedoch schließlich, das Licht gerade in dem Augenblick anzuknipsen, als sich Dex ins Zimmer hievte.

Er grinste sie an – dieses warme, vertraute Grinsen –, ging steif vom Fenster weg und trat in den gelben Lichtkreis. Er trug schwarze, gerade geschnittene Jeans und eine verschlissene Bomberjacke.

»Hi, Joanna«, flüsterte er, mit einem gespenstischen Unterton in der Stimme.

»Dex?«

»Ja. Ich bin's.«

Um Himmels willen, schrei jetzt nicht!, redete sie sich noch zu.

Joanna merkte, dass sie den Atem angehalten und die Bettdecke bis unters Kinn hochgezogen hatte.

»Aber …«

»Wie geht's dir?« Wieder nur ein Flüstern.

Sogar im warmen Licht der Lampe sah er blass aus. Und er war dünn geworden. Er machte – leicht hinkend und das linke Bein steif hinter sich herziehend – ein paar Schritte auf sie zu.

»Aber … Dex … du bist doch tot!«

Joanna erkannte ihre eigene Stimme nicht wieder. Ihre Kehle war wie zugeschnürt, sie bekam keine Luft. Plötzlich fror sie am ganzen Körper.

Um Himmels willen, schrei jetzt nicht!

»Was?«, fragte Dex überrascht und schüttelte sein langes welliges Haar, so als wollte er Joannas Worte abschütteln.

Sie umklammerte ihre Bettdecke und starrte in sein verblüfftes Gesicht. Er sieht so anders aus, dachte sie. So dünn, beinahe ausgemergelt.

»Was hast du gesagt?«

Joanna hustete. Ihre Kehle war wie ausgedörrt. »Tot«, wiederholte sie. Das Wort klang seltsam, überhaupt nicht wie ein wirkliches Wort. »Pete hat gesagt, du seist tot, Dex.«

»Was? Tatsächlich?«, fragte er fassungslos, zog den Stuhl unter dem Schreibtisch hervor, drehte ihn um und setzte sich rittlings darauf, das Kinn auf die Lehne gestützt. »Er hat gesagt, ich sei tot?«

»Ja. Das hat er mir erzählt. Pete hat gesagt, du hättest es nicht geschafft. Dass du …«

»Warum sollte Pete so etwas sagen?« Er packte die Stuhllehne und wippte vor und zurück.

Dex lebt, dachte Joanna. Sie beruhigte sich allmählich und überwand den Schock, ihn plötzlich in ihr Zimmer klettern gesehen zu haben. Er lebt. Er sitzt wirklich vor mir.

Zu ihrer Überraschung musste sie feststellen, dass sie ihn mit sehr gemischten Gefühlen da sitzen sah. Denn sie hatte sich an den Gedanken gewöhnt, dass er nicht mehr lebte.

Freue ich mich, ihn zu sehen?, fragte sie sich. Nicht richtig. Eigentlich bin ich hauptsächlich froh, weil ich jetzt weniger Schuldgefühle habe.

»Ja«, sagte sie und ließ ihre Bettdecke los. »Warum *hat* Pete mir das erzählt?« Ihr anfänglicher Schock verwandelte sich allmählich in Wut. »War das einer seiner dämlichen Streiche?«

»Der arme Kerl«, sagte Dex leise und starrte auf den flauschigen Teppich hinunter. Von Joannas Wut ließ er sich nicht anstecken. »Er muss unter Schock gestanden haben. Er war ziemlich durcheinander und hat sich fürchterlich darüber aufgeregt, was in jener Nacht passiert ist.«

»Er war so durcheinander, dass er dich für tot *hielt*?« Joanna setzte sich auf und lehnte sich an den Kopfteil ihres Bettes. Warum fror sie so? Seit Dex in ihr Zimmer geklettert war, schien es noch kälter geworden zu sein.

»So muss er wohl reagiert haben«, sagte Dex. Ein Ausdruck der Trauer huschte über sein Gesicht, ein Ausdruck, den sie an ihm noch nie gesehen hatte.

Er sieht nicht traurig aus, dachte sie, sondern finster.

»Also, wo warst du die letzten zwei Monate?«, fragte sie mehr wütend als besorgt.

»Es hat mich ziemlich schlimm erwischt«, sagte er und sah ihr in die Augen, anscheinend über ihren Ton verwundert.

Joanna sah, dass er sein linkes Bein steif ausgestreckt hatte.

»Ich hatte jede Menge gebrochene Knochen, innerliche Blutungen und noch mehr und wurde in ein Krankenhaus im Norden des Staates gebracht. Da war ich die ganze Zeit.«

»Das tut mir Leid«, sagte Joanna.

Eigentlich solltest du tot sein, dachte sie. Mir ging es richtig dreckig. Ich hatte Schuldgefühle. Warum musste ich das alles durchmachen, wenn es jetzt umsonst ist?

Warum hat Pete das getan? Aus Boshaftigkeit? Aus Rache, weil ich ihn in jener Nacht an den Klippen zurückgelassen habe?

»Ich wollte dich anrufen«, sagte Dex, »aber meine Hände waren bandagiert. Ich habe wie eine Mumie ausgesehen. Meine Tante hat versucht, dich anzurufen, aber bei dir zu Hause hat sich niemand gemeldet. Vielleicht hat sie auch die falsche Nummer gewählt. Sie ist nicht mehr so auf Zack.«

Er rutschte unruhig auf seinem Stuhl rum und fügte mit leiser, flacher Stimme hinzu: »Es war so schrecklich, so unerträglich im Krankenhaus – so viele Wochen. Weißt du, was ich getan habe? Ich habe mir vorgestellt, nur eine Rolle in einem Theaterstück zu spielen. Ich habe so getan, als ob mir das alles nicht wirklich passiert wäre. Ziemlich verrückt, oder?«

Joanna ignorierte seine Frage und sagte, ihn von Kopf bis Fuß musternd: »Du siehst gut aus.« Dabei dachte sie: Du siehst wie ein Skelett aus.

»Du hast also wirklich geglaubt, dass ich nicht mehr lebe?«, fragte Dex und kratzte sich am Kopf. Aus irgendeinem Grund grinste er breit. »Das erklärt wohl alles.«

»Erklärt was?«

»Warum du nichts von dir hast hören lassen.

Warum du mich nicht besucht hast. Warum du neulich Abend einfach aufgelegt hast.«

»Ich habe auch im Krankenhaus gelegen«, sagte Joanna abwehrend.

»Ach ja?« Er stand auf. Joanna registrierte, wie mühsam er sich bewegte. Er war immer so sportlich gewesen. Aber jetzt hatte er ein steifes Bein und jede Bewegung schien ihn zu schmerzen. »Was ist dir denn passiert?«

»Als du gestürzt bist, bin ich – davongerast, um Hilfe zu holen.«

Das ist die Wahrheit, dachte Joanna. Warum habe ich nur das Gefühl zu lügen?

»Ach ja?«

»Ja. Ich wollte in die Stadt fahren, um die Polizei zu benachrichtigen oder eine Ambulanz oder so. Aber ich ... ich war so durcheinander, dass ich einen Unfall gebaut habe. Und einen Tag lang bewusstlos war. Doch dabei hatte ich wohl noch Glück.«

»Wir beide hatten Glück«, sagte Dex voller Wärme. »Du hast mir sehr gefehlt.«

Er ging zu ihr, beugte sich hinunter, legte seine Arme um ihre Schultern und küsste sie. Joanna erwiderte seinen Kuss überraschend gefühlvoll.

Er lebt, es geht ihm gut, dachte sie. Er ist kein Geist.

Sie küssten sich lange. Joanna umfasste seinen Kopf und drückte ihn an sich.

Was tue ich da?, dachte sie.

Sheps Gesicht tauchte plötzlich vor ihrem geistigen Auge auf.

Ihre Lippen fest auf Dex' Mund gepresst, die

Hände in seinem langen Haar vergraben, überkam sie eine fürchterliche Verwirrung.

Ich *empfinde* etwas für ihn, dachte sie. Oder nicht? Bin ich vielleicht nur erleichtert, weil es ihm gut geht?

Was ich tue, ist nicht richtig. Denn eigentlich will ich ihn nicht. Also, warum küsse ich ihn dann?

Wieder blitzte Sheps Gesicht vor ihr auf.

Da riss sie sich ganz plötzlich von ihm los und ließ ihre Arme auf die Bettdecke sinken. Er beugte sich weiter über sie und seine brennenden dunklen Augen bohrten sich in ihre.

»Ich habe wirklich geglaubt, du seist tot«, sagte sie.

»Das bin ich nicht. Und ich beweise es dir«, sagte er und küsste sie wieder.

Irgendetwas stimmt nicht, dachte sie. Irgendetwas ist anders.

Dieser Kuss war viel kürzer. Sie hörte Geräusche, Schritte im Flur.

»Meine Mom – sie ist aufgestanden.«

»Okay. Dann gehe ich jetzt wohl besser. Am Freitagabend hole ich dich ab und beweise dir, dass ich nicht tot bin«, flüsterte er.

»Freitagabend?«

»Ja.« Er küsste sie wieder.

»Aber, Dex …«

Sie musste ihm von Shep erzählen. Einerseits wollte sie mit Dex ausgehen. Andererseits doch nicht. Sie war schrecklich verwirrt.

Dex verschwand durchs Fenster. Sie hörte, wie er den Baum hinunterrutschte.

Irgendetwas an ihm ist anders, dachte Joanna. Sein Kuss. Er fühlte sich so anders an. Einfach nicht wie sonst.

Noch immer mit der Frage beschäftigt, was eigentlich an Dex anders war, fiel sie in einen unruhigen Schlaf.

9

»Tja, Shep, es tut mir Leid. Ich bin auch enttäuscht.« Joanna pustete, das Telefon zwischen Kinn und Schulter geklemmt, auf ihren Nagellack.

Shep jammerte am anderen Ende der Leitung.

Das Jammern machte ihr nichts aus, im Gegenteil, es freute sie, dass er sich so aufregte, weil sie ihre Verabredung absagte.

»Wie wär's mit morgen Abend? Bestimmt läuft im Kino morgen noch derselbe Film.«

Morgen Abend musste Shep mit seinen Eltern irgendwohin gehen.

»Na ja, dann vielleicht nächste Woche«, sagte Joanna und schaute auf die Uhr. In fünf Minuten sollte sie sich mit Dex in der Mall treffen.

Ach, lass doch Dex eine Weile warten, dachte sie. Es wäre ja nicht das erste Mal. Sie dachte an jenen Spätnachmittag im Oktober, als sie sich hinter einer Säule versteckt und ihn beobachtet hatte. Das war zum Schreien komisch gewesen.

Warum trocknet dieser Nagellack nicht?

Jetzt fragte Shep, ob er später vorbeikommen könne. Auf keinen Fall, du Idiot.

»Nein, das ist keine gute Idee, Shep. Meiner Mom geht's echt schlecht. Sie hat die Grippe. Deshalb habe ich ihr versprochen, zu Hause zu bleiben.«

Er wollte noch länger mit ihr reden, aber sie legte auf, sorgsam darauf bedacht, den Nagellack nicht zu verschmieren.

Was bin ich doch für eine gute Lügnerin, dachte sie. Fast habe ich diese Story selbst geglaubt. Dex hält sich für einen guten Schauspieler, aber ich könnte ihn locker in die Tasche stecken!

Dex. Ging sie wirklich mit Dex aus?

Oder besser gesagt: *Warum* ging sie mit Dex aus? Sie empfand wirklich nichts mehr für ihn, gestand es sich aber nicht gern ein, dass sie ein bisschen enttäuscht gewesen war, weil er noch lebte.

Sie versuchte, diesen Gedanken zu verdrängen, denn es war schließlich ein so hässlicher Gedanke, dass sie ihn nicht einmal auszusprechen wagte. Trotzdem ging er ihr irgendwie immer wieder im Kopf herum.

Warum also versetzte sie Shep, damit sie heute Abend mit Dex ins Kino gehen konnte?

Ehrlich gesagt, gestand sie sich ein, weiß ich es selbst nicht.

Sie war noch immer sehr verwirrt.

Bestimmt würde sie nach diesem Abend mit Dex wieder klar denken und das Problem lösen können.

Shep war so süß, so jungenhaft, so charmant. So in Ordnung.

Es musste an ihren Schuldgefühlen liegen, dachte sie. Warum sonst zog sie ihren besten blauen Ralph-Lauren-Pullover zu ihren Designer-Jeans an, bürstete sich noch einmal durchs Haar und lief nach unten zur Garage.

»Gute Nacht, Mom«, rief sie. »Warte nicht auf mich!«

Zum Totlachen. Ihre Mutter war noch nie aus Sorge um sie aufgeblieben. Nicht ein einziges Mal.

»Amüsiert euch gut, du und Shep!«, rief ihre Mutter aus dem Arbeitszimmer.

»Jaaa«, rief Joanna zurück.

Was sie nicht weiß, macht sie nicht heiß. Sie weiß ja nicht mal, dass ich geglaubt habe, Dex sei tot. Also muss sie auch nicht wissen, dass ich mich wieder mit ihm treffe.

Joanna nahm ihren pelzgefütterten Mantel, in dem sie sich immer so wohl fühlte, und ging vom Haus aus direkt in die Garage. Das Licht schaltete sich automatisch ein. Sie rutschte hinter das Lenkrad ihres neuen Wagens. Die Ledersitze waren kalt. Der Motor startete mit einem leisen Summen und sie fuhr rückwärts die Auffahrt hinunter und dann in Richtung Mall.

Dex ging vor der Buchhandlung auf und ab. Dieses Spielchen kennen wir doch, dachte Joanna, nicht ohne eine gewisse Genugtuung.

Er ist so blass. Sie fand es frappierend, wie fahl sein Gesicht war.

Im Neonlicht sahen die Leute gelb aus. Aber Dex' Teint, das fiel Joanna sofort auf, war weiß, fast so weiß wie Mehl.

Er trug dieselben schwarzen Jeans und dazu die schäbige Bomberjacke aus Leder. Sein schwarzes Haar war nach hinten gebürstet und zu einem kurzen Pferdeschwanz zusammengebunden. Beim

Gehen hinkte er leicht, wobei er sein linkes Bein schonte.

Plötzlich hatte sie das starke Bedürfnis umzukehren und zu Shep zu fahren. Sie hatte sich auf dieses Date nicht gefreut, sondern tatsächlich irgendwie Angst davor gehabt. Angst davor, worüber sie reden könnten. Und Angst davor, worüber sie nicht reden konnten.

»Hi, Joanna!«

Zu spät. Dex hatte sie entdeckt. Ein schiefes Grinsen huschte über sein Gesicht.

Das ist nicht sein Lächeln, dachte sie. Er hat immer so aufrichtig und offen gelächelt. Das ist überhaupt nicht sein Lächeln. Es ist das Lächeln eines Fremden.

Nun hör schon auf damit, schalt sie sich. Hör auf, nach Unterschieden zu suchen.

Natürlich hat sich Dex verändert. Denk dran, er ist von dieser Klippe gestürzt, hat sich beinahe jeden Knochen im Leib gebrochen und zwei Monate im Krankenhaus gelegen.

Da kann einem ein Mensch schon ein bisschen anders vorkommen.

»Hi, Dex. Entschuldige, dass ich mich verspätet habe«, sagte Joanna und nahm seine Hand. Sie war eiskalt.

»Du hast ja eiskalte Hände«, sagte sie erschreckt. Seine Hände waren immer so warm gewesen. Überhaupt war ihm immer warm gewesen. Im kältesten Winterwetter war er hemdsärmelig herumgelaufen und schien nie bemerkt zu haben, dass alle anderen froren.

»Oh, tut mir Leid«, sagte er und entzog ihr mit einem entschuldigenden Lächeln seine Hand. Er wirkte sehr nervös. »Der Film hat gerade erst angefangen. Bestimmt haben wir noch nichts verpasst«, fügte er hinzu und ging hinkend vor ihr her durch die Mall zum Kino.

Der Film war eine Art Action-Komödie mit Robert DeNiro, der grinsend eine Menge Leute erschoss und dann mit einem Dutzend Streifenwagen auf der Gegenfahrbahn eines Freeways eine Verfolgungsjagd veranstaltete.

Joanna konnte sich nicht auf den Film konzentrieren. Es kam ihr so merkwürdig vor, neben Dex zu sitzen, ihm im Dunkeln wieder so nah zu sein.

Nach ein paar Minuten legte er ihr den Arm um die Schultern und sie lehnte sich, die Augen auf die Leinwand gerichtet, an ihn.

Was war das für ein Geruch?

Joanna schnupperte einmal, zweimal und dann nicht mehr, weil Dex etwas merkte.

Es war ein leicht moderiger Geruch, sauer wie alte, vergammelte Früchte.

Oder verdorbenes Fleisch.

Joanna wandte den Kopf ab, doch der schale Geruch folgte ihr.

Dex hatte immer so süß gerochen.

Woher kam dieser Ekel erregende Geruch?

10

»Dex lebt«, sagte Joanna und konnte ein Grinsen nicht unterdrücken.

Mary öffnete den Mund, wurde blass und schrie: »Nein!«, als sie endlich wieder reden konnte.

»Doch. Er lebt. Ich bin gestern Abend mit ihm ins Kino gegangen.«

Mary presste beide Hände über die Ohren und schüttelte den Kopf so heftig, dass ihr ihre dichten braunen Locken ins Gesicht fielen. »Ich glaube, ich höre nicht richtig, Joanna. Dex …«

»Er lebt«, wiederholte Joanna und genoss es, ihre Freundin so schockiert zu sehen.

Es war Sonntagnachmittag. Mrs. Collier war mal wieder einkaufen gegangen. Mary war überraschend vorbeigekommen. Joanna sah sie zum ersten Mal seit dem Besuch im Krankenhaus.

»Aber … aber … Pete hat mir gesagt …«

»Mir auch«, warf Joanna ein. »Was hat Pete überhaupt für ein Problem?«

»Das weiß ich nicht. Ich habe ihn seitdem nicht mehr gesehen«, entgegnete Mary, noch immer fassungslos.

Sie warf sich auf dem zerknautschten Samtsofa zurück, legte den Kopf auf die Lehne und starrte zu dem Kristallleuchter hoch.

»Puh, Joanna. Also wirklich. Das muss ich jetzt erst mal verdauen. Was für ein Schock.«

»Das brauchst du mir nicht zu sagen«, entgegnete Joanna lakonisch und zog in dem großen Polstersessel die Beine unter sich. »Letzte Woche ist er durchs Fenster in mein Zimmer geklettert. Kannst du dir das vorstellen?«

»Nachts?«

»Ja, mitten in der Nacht. Ich hatte fürchterliche Angst, weil ich glaubte, ein Gespenst zu sehen.«

»Und Dex ist wirklich okay?«, fragte Mary, noch immer ganz blass.

»Ja, so ziemlich. Allerdings hinkt er ein bisschen. Bei dem Sturz hat er wohl einiges abgekriegt. Zwei Monate war er im Norden des Staates im Krankenhaus. Aber jetzt scheint er wieder völlig okay zu sein.«

Bis auf seine kalten Hände und diesen unheimlichen Geruch, fügte Joanna in Gedanken hinzu. Aber was hätte es für einen Sinn, Mary das zu erzählen?

»Wow«, sagte Mary, schloss fest die Augen und wiederholte: »Wow!«

»Ich sollte Pete anrufen und ihm sagen, wie fies es von ihm war, uns einen solch gemeinen Streich zu spielen«, sagte Jaonna mehr zu sich selbst als zu Mary. »So was Krankhaftes ist mir noch nie untergekommen. Und ich habe ihm geglaubt!«

»Ich doch auch«, sagte Mary, als sie die Augen wieder öffnete. »Warum hat er uns so eine blöde Lüge erzählt? Wie gemein von ihm. Pete ist sowieso ein komischer Typ, aber für gemein habe ich ihn nicht gehalten.«

»Ich habe ihn noch nie gemocht«, gestand Joanna. »Nur wegen Dex habe ich mich mit ihm abgegeben.«

»Und du bist tatsächlich mit Dex ausgegangen?«

»Ja. Gestern Abend. Deswegen musste ich ein Date mit Shep absagen.«

»Mit Shep?«

»Ja. Ich habe dir doch von Shep erzählt – er ist blond, groß und hat ein hinreißendes Lächeln. Und er besitzt einen Jaguar«, fügte Joanna lachend hinzu.

Mary dachte zu angestrengt nach, um mitlachen zu können. »Und Dex lebt wirklich? Warum hat er dich nie angerufen?«

»Er war zu schwer verletzt«, antwortete Joanna achselzuckend, »und hat seine Tante gebeten, mich anzurufen. Aber du weißt ja, wie meschugge die ist. Wahrscheinlich weiß sie nicht mal mehr, wie man ein Telefon benutzt. Außerdem habe ich ja auch über einen Monat im Krankenhaus gelegen. Das hat Dex nicht gewusst.«

»Und du gehst jetzt mit Shep?«

Joanna nickte.

»Wirst du ihm von Dex erzählen?«

»Nein. Wozu auch? Ich glaube, ich kann beide eine Weile hinhalten.«

»Wird Shep denn nicht misstrauisch, wenn …«

»Shep ist so verrückt nach mir, dass er sich alles von mir gefallen lässt«, sagte Joanna. Das klang zwar ziemlich angeberisch, stimmte aber.

Mary machte ein missbilligendes Gesicht.

»Schau mich nicht so an«, sagte Joanna nur halb im Scherz.

»Du bist schrecklich«, murmelte Mary, ebenso halb im Scherz.

Die beiden starrten sich kalt an. Joanna merkte, dass sie Mary nie mehr so nahe sein konnte wie früher. Sie hatten sich eindeutig auseinander gelebt und das gegenseitige Vertrauen verloren.

Daran bin ich nicht schuld, sagte sich Joanna. Mary hat sich einfach verändert. Mit welchem Recht maßt sie sich eigentlich an, über mich zu urteilen?

»Und wie findest du das?«, fragte Mary, noch immer verständnislos. »Magst du Dex denn noch?«

Joanna gähnte. Diese Unterhaltung fing an, sie zu langweilen. Es hatte ihr gefallen, Mary mit der Neuigkeit zu schockieren und ihr fassungsloses Gesicht zu sehen, aber jetzt wünschte sie, Mary würde gehen.

»Ich weiß wirklich nicht, ob ich Dex noch mag oder nicht«, sagte sie kurz angebunden, denn es machte ihr irgendwie Spaß, Mary mit ihrer Kaltschnäuzigkeit vor den Kopf zu stoßen.

»Was?«

»Ich glaube nicht, dass ich ihn noch mag. Als Freund, meine ich. Wahrscheinlich habe ich einfach nur … Schuldgefühle.«

»Schuldgefühle? Warum denn das? Weil du geglaubt hast, er sei tot?« Mary setzte sich auf, beugte sich vor und legte die Hände auf die Knie ihrer ausgewaschenen Jeans.

Da merkte Joanna, dass Mary nicht wusste, was in jener Nacht wirklich passiert war – dass Joanna nicht geblieben war, um Dex zu retten. Dass Joanna davongerast war, ohne sich zu vergewissern, ob Dex noch lebte.

»Nein, weil ich ihn zum Kliff gefahren habe. Und er wäre nicht abgestürzt, hätte er nicht diese Show abgezogen, um mich zu beeindrucken.«

»Ah, ich verstehe.« Joannas Antwort schien Mary zu enttäuschen.

Was will sie eigentlich von mir?, fragte sich Joanna und beschloss, das Thema zu wechseln. »Reden wir doch mal über *dich*, Mary. Was gibt's Neues in deinem Leben?«

Mary seufzte, ließ sich wieder zurückplumpsen und sagte: »Nichts, im Vergleich zu dir. Joanna, es tut mir Leid, aber ich kann einfach nicht glauben, dass Dex lebt. Als wäre ein – ein Wunder geschehen. Und du nimmst das so ruhig auf.«

So kalt, meint sie, dachte Joanna und fragte: »Gibt's da einen Jungen, mit dem du ausgehst?« Dabei fuhr sie sich mit der Hand durch ihr kurzes blondes Haar.

»Nein«, antwortete Mary kopfschüttelnd. »Mein Leben ist so langweilig wie immer. Letzte Woche habe ich mir helle Strähnen ins Haar machen lassen. Siehst du?« Sie senkte den Kopf, damit Joanna die blonden Strähnen in ihren dunklen Locken sehen konnte. Joanna war diese Veränderung noch gar nicht aufgefallen. »Was Interessanteres habe ich nicht zu bieten.«

Joanna lachte, verstummte jedoch gleich wieder,

weil das keine passende Reaktion war, denn Mary war wirklich voller Selbstmitleid. Aber Joanna war einfach nicht in der Stimmung, Mitgefühl zu zeigen.

Sie war erleichtert, als das Läuten des Telefons ihre Unterhaltung unterbrach.

»Hallo. Dex? Hi«, sagte sie und warf Mary einen bedeutungsvollen Blick zu.

»Lass mich mit ihm reden«, rief Mary, sprang von der Couch und riss Joanna das Telefon aus der Hand. »Dex? Bist du's wirklich? Ich bin's, Mary.«

Marys Augen waren groß vor Aufregung und sie atmete schwer.

»Ich – ich kann dich kaum hören«, sagte sie stirnrunzelnd. »Du klingst so leise, als wärst du weit entfernt.«

Dex sagte wohl was, doch Mary hatte offensichtlich Schwierigkeiten, ihn zu verstehen. Joanna wünschte, sie würde ihr das Telefon wiedergeben.

»Dex – ich bin so glücklich!«, sprudelte Mary überschwänglich. »Wie ich mich freue, dass du okay bist. Pete hat uns gesagt ... na ja ... egal. Ich bin ja so froh und kann es kaum erwarten, dich zu sehen. Warte. Ich gebe dir Joanna.«

Mary hielt Joanna das Telefon hin und flüsterte: »Seine Stimme klingt so unheimlich. Als käme sie von weit her.«

»Wahrscheinlich ist die Verbindung schlecht«, sagte Joanna und presste das Telefon an ihr Ohr.

»Hi, Dex. Was? Du musst lauter reden. In der Leitung sind atmosphärische Störungen oder so was.«

Aber Dex sprach so leise weiter, als könnte er nicht lauter reden. Er bat Joanna, am Freitagabend mit ihm auszugehen.

»Ja, das geht wohl«, antwortete sie und dachte an Shep. Die beiden unterhielten sich noch eine Weile, aber Joanna konnte ihn kaum verstehen. Und das lag nicht nur an den atmosphärischen Störungen, sondern an seiner Stimme, die so schwach und dünn klang. Müde. Richtig müde.

Als Joanna auflegte, zog sich Mary ihre blaue Daunenjacke an und sagte: »Ich gehe jetzt wohl besser.«

»Ich freue mich, dass du gekommen bist«, sagte Joanna mit einem aufrichtigen Lächeln.

Mary blieb an der Tür stehen, drehte sich um und sagte mit besorgter Miene: »Weißt du, Joanna, Dex hat sehr viel durchgemacht. Du solltest aufrichtig zu ihm sein, meinst du nicht auch? Du solltest ihm von Shep erzählen.«

»Die beiden im Ungewissen zu lassen, ist doch viel interessanter«, entgegnete Joanna schulterzuckend und hielt ihrer Freundin die Tür auf. »Jedenfalls ziehe ich dieses Spiel jetzt eine Weile durch. Mal sehen, was passiert.«

11

Mit weit ausholender Geste schickte Joanna mühelos den Ball übers Netz.

»Perfekt«, lobte Rod, ihr Tennislehrer, seine Schülerin und ließ seine strahlend weißen Zähne aufblitzen. »Aber platzieren! Platzieren!«

Was soll *das* denn heißen?, fragte sich Joanna kopfschüttelnd. Ich werde keine Stunden mehr bei dir nehmen, solltest du weiter von diesem ›Platzieren-Quatsch‹ faseln.

Sie hegte den heimlichen Verdacht, dass sie ihn in einem richtigen Match schlagen würde.

»Such dir einen imaginären Punkt auf dem Platz und schlag den Ball dann dahin«, sagte Rod und wischte sich die Stirn mit einem Taschentuch ab.

Ich schwitze nicht, dachte Joanna. Was ist mit dem Typ bloß los?

»Kann ich nicht für eine Weile meine Rückhand trainieren?«, rief sie. Schließlich bezahlte sie den Unterricht. Warum konnte sie nicht üben, was sie üben *wollte*?

»Na klar.« Er stopfte sein Taschentuch in die Hosentasche seiner Shorts zurück. »Ich schlage ein paar Bälle auf deine linke Seite. Am besten schickst du sie mir mit einem Slice zurück.«

Slice? Was sollte *das* schon wieder heißen? War sie dämlich, oder war Rod ein Idiot?

Das war endgültig die letzte Stunde, die sie bei Mr. Strahlemann Unterricht nahm. Er hatte ihr nicht einen einzigen brauchbaren Tipp gegeben. Und für fünfundsechzig Dollar die Stunde – plus Trinkgeld – konnnte sie mehr als ›Slice‹ erwarten.

Er schlug einen Ball auf ihre linke Seite. Sie lief leichtfüßig zu der Stelle und retournierte ihn mühelos mit ihrer Rückhand. Das liebte sie am meisten beim Tennis. Dieses kleine *Plopp*. Das war irgendwie befriedigend. Um sie herum war die Luft erfüllt mit Dutzenden von *Plopps*, die von den anderen Plätzen der Tennishalle dieses Privat-Clubs an ihr Ohr drangen.

Wie sieht denn der fette Kerl da drüben aus?, dachte sie. Trägt Fallschirmspringer-Klamotten anstelle von Tennis-Shorts und macht sich über die Frau lustig, die auf dem Platz neben meinem hinter einem Ball herjagt. Wenn ich so aussähe, würde ich mich lieber erschießen, anstatt Tennis zu spielen.

Wieder schickte Rod einen Ball übers Netz, der hoch abprallte. Und wieder war Joannas Return perfekt.

»Klasse. Richtig klasse. Gut durchgezogen«, rief er.

»Vielen Dank.«

»Auszeit. Wir brauchen noch ein paar Bälle«, sagte er und lief über den Court, um den Korb mit Bällen zu holen.

Joanna seufzte und senkte ihren Schläger. Sie schaute über die anderen Plätze. Auf dem hintersten Court stand ein Typ, der Shep ähnlich war, aber längst nicht so gut aussah.

Shep hatte sie am Samstagabend abgeholt und dann hatten die beiden in seinem Jaguar eine ausgedehnte Spritztour unternommen. Die Nacht war klar und kalt gewesen und Shep hatte zum Vorgebirge fahren wollen. Nach anfänglichem Zögern – eigentlich wollte sie nie wieder zu den Klippen fahren – hatte sie eingewilligt, denn dieser Ort war genauso gut wie jeder andere, um Shep nahe zu sein.

Schließlich war er nichts als eine Anhöhe, die steil abfiel, ein Aussichtspunkt. Und einmal dort, würde sie sicher vergessen können, was damals passiert war. Also, was sollte es, zum Teufel!

Und zu ihrer großen Überraschung störte es sie überhaupt nicht, als sie oben auf dem Kliff war und die Stelle betrachtete, wo der Fels weggebrochen und Dex in die Tiefe gestürzt war.

Denn schließlich hatte Dex den Sturz überlebt und es ging ihm wieder gut.

Allen ging es gut. Also warum sollte es sie irritieren, hier oben zu sein?

Im Jaguar mit Shep war es warm und gemütlich. Die Fenster waren beschlagen und die beiden lebten jetzt in ihrer eigenen Welt – wie in einen Kokon eingesponnen. Sie befanden sich nicht mehr in der spießigen Kleinstadt Middlewood, sondern in einem winzig kleinen Raum, sie waren einander so nahe – so nahe.

Als dann plötzlich ein Auto voller Teenager laut hupend, mit aufgeblendeten Scheinwerfern und plärrendem Radio und hysterischem Gelächter hinter ihnen parkte, hätte Joanna diese Kids am liebsten gekillt.

Welches Recht hatten diese Idioten, sie aus ihren romantischen Träumen zu reißen?

Mit einem Seufzer kehrte sie in die Wirklichkeit zurück und ließ ihren Blick zu der Stelle schweifen, wo Gäste auf die Mitglieder des Clubs warteten. Denn Shep wollte sie abholen. Vielleicht war er ja schon gekommen.

Doch hinter dem Maschendraht stand Dex. Als Joanna ihn entdeckte, stieß sie einen leisen Überraschungsschrei aus.

Dex? Was hatte Dex hier zu suchen?

Er marschierte hinter dem Zaun auf und ab. Warum ging er so steifbeinig? Sein Hinken schien sich verschlimmert zu haben. Es sah aus, als wären beide Beine jetzt steif.

Joanna hob ihren Schläger und winkte ihm damit zu. Dann senkte sie ihn schnell wieder.

Seine Haut! Was war mit seiner Haut los? Sie war grün. Richtig grün.

Vielleicht liegt das an der Beleuchtung, dachte Joanna. Doch da standen noch andere Gäste und Zuschauer, die alle völlig normal aussahen.

Mit diesen steifen Bewegungen und dem grünlichen Teint, sieht er aus wie Frankenstein, dachte sie.

»Hey, Joanna ...«

Sie merkte, dass Rod ihr etwas zeigte, aber sie konnte den Blick nicht von Dex wenden. War der Junge krank, oder was?

»Hey, Joanna ...« Seit wann rief Rod schon? »Komm jetzt! Konzentrier dich!«

»Ich bin bereit«, sagte sie und stellte sich wieder mit dem Gesicht zum Netz. Aber ihr ging der Anblick von Dex nicht aus dem Kopf – dieser grünliche Teint und sein seltsam hölzernes Gehen.

»Denk dran, immer den Schläger voll durchziehen«, sagte Rod, als er seiner Schülerin einen Ball zuspielte.

Nach diesem Ball musste sie laufen. »Verdammt!« Sie erwischte den Ball auf dem falschen Fuß, nur mit dem Rahmen ihres Schlägers und er landete im Nachbarcourt. »Entschuldigung.«

Rod schickte den nächsten Ball übers Netz. Dieses Mal erwischte sie ihn rechtzeitig mit der Rückhand, aber mit zu viel Drive, sodass er über Rods Kopf außerhalb des Feldes landete.

»Aus!«, rief der Trainer.

Ach, was soll's, dachte Joanna und warf einen Blick über die Courts. Dex war verschwunden.

Vielleicht ist das gar nicht Dex gewesen, dachte sie. Warum sollte sich Dex hier rumtreiben? Er weiß nicht, dass ich heute Nachmittag Tennisunterricht habe. Und warum sollte er an einem ganz normalen Schultag den weiten Weg bis hierher machen?

»Die Stunde ist um!«, sagte Rod lächelnd und wirbelte seinen Schläger herum. Er marschierte um das Netz und ging zu Joanna.

»Bist du zufrieden?«

»Ja. Alles okay«, antwortete sie, ohne Begeisterung. Wieder schaute sie zu den Gästen hin. Dex war nicht darunter.

»Dein Schläger gefällt mir«, sagte Rod. »Den hätte ich mir auch gerne gekauft, aber er war mir zu teuer.«

»Ja. Das Ding ist ziemlich gut«, antwortete sie

und betrachtete ihren Schläger. »Bis zum nächsten Mal dann«, verabschiedete sie sich und ging zu den Umkleideräumen.

»Okay. Deine Rückhand ist gut«, rief Rod ihr hinterher. »In der nächsten Stunde konzentrieren wir uns darauf.«

Joanna antwortete nicht, sie lief einfach weiter.

Vielleicht ist er gar kein so schlechter Lehrer, dachte sie. Ein Tennislehrer muss schließlich kein Genie sein.

Sie duschte schnell, zog sich an und verstaute ihre Tenniskleidung sorgfältig gefaltet in ihrer Sporttasche. Shep wartete an der Tür auf sie.

»Hallo, wie geht's dir?«, fragte er lächelnd und nahm ihr die Tasche ab.

Draußen war es kalt, aber die Sonne schien. Joanna machte den Reißverschluss ihrer Daunenweste zu. »Gut. Aber der Tennislehrer taugt nichts. Trotzdem habe ich Fortschritte bei meiner Rückhand gemacht«, antwortete sie und folgte Shep über die Straße zu seinem Wagen.

»Ich kann es gar nicht erwarten, im Frühling wieder im Country Club zu spielen«, sagte Shep, legte ihre Tasche auf den Rücksitz und setzte sich hinters Steuer. »Dann trainieren wir deine Rückhand zusammen.«

»Bist du denn so gut?«, fragte Joanna.

»Nein«, antwortete er. »Nicht besonders. Ich bin nur der Beste meines Jahrgangs.«

»Riesig«, sagte sie und wollte gerade einen Witz darüber machen, als ihr das Wort im Halse stecken blieb.

Dex.

Es war wirklich Dex. Denn jetzt stand er so nah, dass sie ihn deutlich erkennen konnte.

Er lehnte an der Ziegelmauer, die den halb leeren Parkplatz neben dem Tennisclub umgab, die Hände in den Taschen seiner Jeans vergraben. Jetzt, im Sonnenlicht, sah er noch grüner aus.

Igitt, fast wie ein Reptil, dachte Joanna angeekelt.

Dex hatte zu Boden gestarrt. Doch jetzt hob er den Kopf und musterte die beiden.

Sieht er uns?, fragte sich Joanna.

Natürlich. Er starrt mich direkt an.

Shep fischte nach den Schlüsseln in seiner Tasche und ließ sie auf den Boden fallen.

Joanna starrte Dex an. Seine Augen bohrten sich in ihre. Plötzlich schienen sie rubinrot aufzuglühen. Sie glühten, wie die Augen eines wilden Tiers in der Nacht.

12

»Ich will's einfach noch mal hören«, sagte Shep. Er stand so dicht vor Joanna, dass sie zurückwich, bis sie gegen die Tür des Wandschranks prallte, in den die Schülerinnen ihre Mäntel hängten.

»Warum kannst du nicht mit mir am Freitag- und am Samstagabend ausgehen?« Sie stupste ihn spielerisch, damit er ihr etwas mehr Bewegungsfreiheit einräumte. Ein paar Mitschülerinnen kicherten, als sie über den fast leeren Flur an den beiden vorbeiliefen.

»Ich muss jetzt nach Hause«, sagte sie, ohne die Frage zu beantworten. »Warum nagelst du mich hier fest?«

Shep grinste und kam noch näher, zwang sie weiter zurück. »Beantworte nur meine Frage.«

»Wirklich, Shep. Du führst dich wie ein Schwein auf.«

»Quiek, quiek, quiek.«

Joanna hasste es, wenn er sie veralberte. Das passt nicht zu ihm, dachte sie. Das ist nicht sein Stil. Ich mag ihn viel lieber, wenn er ernsthaft ist und seriös.

»Ich habe es dir bereits erklärt«, sagte sie müde und gab ihm dieses Mal einen härteren Stoß. Dann rannte sie an ihm vorbei, in die Eingangshalle, wohin er ihr folgte.

»Hallo, Mr. Munroe«, grüßten beide ihren Französischlehrer, der in diesem Moment vorbeiging, wahrscheinlich auf seinem Weg ins Lehrerzimmer. Der kleine, dicke Mann nickte lächelnd und ging weiter.

»Ich muss am Freitagabend lernen«, log Joanna. »Wegen meines Unfalls habe ich derart viel versäumt, dass meine Mom darauf besteht. Ich muss an einem Abend am Wochenende lernen. Das ist der einzige Grund, Shep. Und deswegen brauchst du nicht beleidigt zu sein.«

Kaufte er ihr die Geschichte ab? Ja. Es schien zu klappen.

»Na gut«, sagte er und trat mit der Spitze seines braunen Frye-Stiefels gegen die Wand. »Dann kann ich ja am Freitagabend zu dir kommen und wir lernen zusammen. Wie wär's?«

»Das kommt überhaupt nicht in Frage«, sagte sie und grinste ebenso anzüglich wie Shep. »Du weißt doch, dass wir alles andere tun, als zu lernen, wenn du zu mir kommst.«

»Aber wir könnten lernen. Wirklich«, beharrte Shep.

»Nein. Dieses Wochenende geht es nicht. Okay?«

»Na ja …«

Er sah so enttäuscht aus und das gefiel ihr.

»Ich meine es ernst, denn ich will rechtzeitig meine Abschlussprüfung machen und nicht noch ein Semester wegen dieses blöden Autounfalls dranhängen. Deshalb muss ich Stoff nachholen. Kapierst du das?«

»Natürlich kapiere ich das«, entgegnete er, etwas besänftigt.

Joanna sah sich schnell um und vergewisserte sich, dass niemand auf dem Flur war, dann küsste sie Shep auf die Wange.

»Danke«, flüsterte sie.

Er ist so leichtgläubig und vertrauensvoll. Das gefällt mir an Shep, dachte Joanna, als sie ihren Mantel anzog. Außerdem bin ich froh, dass Dex am anderen Ende der Stadt wohnt. So ist es viel einfacher, die beiden voneinander fern zu halten.

Doch gleich darauf wurde ihr klar, dass sie sich endgültig von Dex trennen musste. Er war ihr völlig egal. Aber sie konnte ihn dazu benutzen, Shep im Ungewissen zu lassen. Und zwei Freunde gleichzeitig zu haben, das gefiel Joanna außerordentlich. Das war genauso, als besitze man zwei Wintermäntel, redete sie sich ein. Es war schön, wenn man die Wahl hatte.

Am Freitagabend holte sie Dex ab. Als er sich neben sie ins Auto setzte, versteckte er sorgfältig etwas vor ihr. Plötzlich griff er nach ihr und etwas Silbernes glitzerte in seiner Hand.

»Dex!«, rief Joanna erschrocken und verriss das Steuer.

»Eine Überraschung«, sagte Dex und befestigte eine Ansteckblume am Revers ihres Mantels.

»Oh«, sagte Joanna, »wie hübsch.«

Die beiden fuhren zu einem kleinen Tanzclub in der Nähe von Dex' Wohnung.

»Warum heißt der Club *Barks*?«, fragte Joanna. »Wird da etwa gebellt?«, fügte sie hinzu und schloss sorgfältig ihr Auto ab.

»Das wirst du gleich sehen«, antwortete Dex und kletterte steif aus dem Wagen.

Als sie im Club waren, wurde Joanna klar, warum er so hieß. Alle Wände waren mit riesengroßen Hunden bemalt, mit hässlichen, zähnefletschenden Hunden. Und in der Mitte gab es eine kleine Tanzfläche mit einem Strobolight darüber.

»Das ist wirklich ein richtig heruntergekommener Schuppen«, sagte Joanna. »Und was soll dieser grässliche Elch da an der Wand? Meines Wissens bellen Elche nicht.«

»Ich wusste, dass es dir hier gefällt«, entgegnete Dex lachend.

Wenn er lacht, sacken seine Wangen in sich zusammen. Oder es sieht aus, als fielen sie gleich runter, dachte Joanna. Er sieht so ganz anders aus als früher. Irgendwie komisch.

»Aber die Stereoanlage hier ist fantastisch«, fuhr er fort, »und es wird nie zu voll. Komm, wir tanzen.«

Auf der Tanzfläche waren nur sechs oder sieben Paare, die sich langsam zu den Rhythmen eines Gloria-Estefan-Songs bewegten. Joanna starrte auf ein besonders hässliches Bild an der Wand, das einen Deutschen Schäferhund darstellte, der hoch aufgerichtet, den Kopf in den Nacken gelegt, heulte.

»Tanz mit mir«, sagte Dex. »Das ist besser als diese Bilder anzustarren.«

Er nahm ihre Hand. Seine war eiskalt. Er lächelte. Sein altes, vertrautes Lächeln. Doch irgendwie wirkte es leblos, angestrengt.

Er ist so anders, dachte sie, als sie beide tanzten und wegen der Enge die anderen Paar anrempelten. Früher war er immer so lebendig, so theatralisch und begeisterungsfähig. Doch jetzt tanzt er nur halbherzig mit mir, wie in Trance. Kaum, dass er seine Füße bewegt.

Der Rhythmus des nächsten Songs war noch langsamer – superlangsam.

Dex presste sich enger an Joanna, hielt sie mit seinen kalten Händen fest umklammert.

Da war er wieder – dieser Geruch. Dieser moderige Geruch. Irgendwie eklig. Er roch nach Zerfall.

»Dex, benutzt du jetzt ein Eau de Cologne oder so was?«

»Wie?«, fragte er, weil er Joanna wegen der lauten Musik nicht verstanden hatte.

»Benutzt du jetzt ein Eau de Cologne?«, brüllte sie in sein Ohr.

»Natürlich nicht«, antwortete er und verzog das Gesicht.

Dann lachte er. Ein unangenehmes Lachen.

Noch nie habe ich ihn auf diese Weise lachen hören, dachte Joanna und starrte ihn an. Er ist wie ein Fremder. So anders.

Plötzlich hielt Dex im Tanzen inne und schlug die Hand vor den Mund.

»Was ist denn los, Dex?«

Er antwortete nicht. Vielleicht hatte er wieder nicht verstanden, was sie gesagt hatte.

Unter dem schnell und kurz grell aufleuchtenden Licht schien er ebenfalls momentan aufzuleuchten und gleich darauf wieder zu erlöschen. Eine dunkle Gestalt, die sich hölzern auf der Tanzfläche bewegte und jetzt mit abgehackten Bewegungen davonmarschierte.

»Dex?« Sie lief hinter ihm her. »Hey ... warte. Was ist los?«

Er prallte gegen ein Mädchen in einem weißen Wollpullover und rotem Minirock und ging einfach weiter. Das junge Mädchen drehte sich über so viel Unverschämtheit empört um.

Joanna wusste nicht, ob sie ihm nun folgen sollte oder nicht. Er benahm sich, als hätte er sie vergessen.

Dann blieb er vor einem bis an die Decke reichenden Spiegel stehen und betrachtete sich darin, während er in seinem Mund rumfummelte.

Zögernd trat Joanna hinter ihn und fragte: »Dex, was ist los?«

»Ach, nichts«, antwortete er und nahm den Finger aus dem Mund. Er drehte sich um und sah sie verlegen an.

»Nichts?«

»Ein lockerer Zahn. Das ist alles.«

Joanna lachte. Dann merkte sie, dass ein lockerer Zahn nichts Komisches war. »Bist du nicht etwas zu alt, um noch einen Zahn zu verlieren?«

»Er ist nur locker«, entgegnete Dex knapp und starrte sie kalt an. »Das gibt sich wieder.«

Plötzlich fiel ihr ein, dass diese Beschwerden Folgen seines Sturzes vom Kliff sein könnten. Nie hatte Dex über seine Verletzungen reden wollen, genauso wenig wie sie. Doch Joanna nahm an, dass sie gravierend gewesen waren, auch wenn sie sich über einen plötzlich lockeren Zahn wunderte.

»Dex ... deine Beine. Du humpelst. Ist das, weil ...«

»Meine Beine kommen schon wieder in Ordnung«, fiel er ihr schnell ins Wort, ehe sie ausreden konnte.

Doch jetzt wirkte er sehr müde.

Die beiden sahen sich verlegen an. Schließlich sagte Dex: »Meinen Beinen geht's schon viel besser als ich jemals gehofft habe.« Dann lachte er bitter.

»Du solltest etwas in die Sonne gehen«, sagte Joanna und berührte ihn an der Schulter. »Du siehst so grün aus.«

»Vielleicht chartere ich einen Jet und fliege auf die Bahamas«, entgegnete er und zuckte mit den Schultern.

»Hey, Dex – solche Witze solltest du nicht machen. Die sind mir vorbehalten.«

»Du fährst doch mit deiner Mutter jedes Jahr in den Winterurlaub«, sagte er nachdenklich, ohne auf ihre Bemerkung einzugehen. »Wie wär's denn, wenn ihr mich dieses Mal mitnehmt?« Dann spielte er mit seinem lockeren Zahn und wandte sein Gesicht wieder dem Spiegel zu.

Was für ein Gedanke! Joanna hätte fast laut gelacht. Sie konnte sich die Reaktion ihrer Mutter nur zu gut vorstellen, wenn sie gefragt hätte, ob sie Dex nach St. Croix mitnehmen dürfe.

Was für ein Gedanke!

Es tat ihr Leid, etwas über sein Aussehen gesagt zu haben.

»Wollen wir noch mal tanzen?«, fragte Joanna, als sie ihn mit einer gewissen Bitterkeit dabei beobachtete, wie er noch immer an seinem Zahn rumfummelte. »Deshalb sind wir doch hierher gekommen, oder nicht?«

Dex drehte sich langsam um. »Lass uns erst ein Coke oder so was trinken, okay?«

»Klar. Holst du die Getränke? Ich setze mich inzwischen an einen der Tische da drüben.«

Er nickte und ging steifbeinig – wobei er das linke Bein praktisch hinter sich herschleifte – zur Bar.

Er sieht wirklich grün aus, dachte Joanna, die ihm nachblickte, als er davonhumpelte. Er muss viel schwerer verletzt worden sein, als er es mir gegenüber zugegeben hat. Seine Knie müssen ziemlich kaputt sein. Und sein Gesicht ...

Plötzlich blieb Dex am Rand der Tanzfläche stehen.

Was hat er jetzt für ein Problem?, fragte sich Joanna und starrte ihn an. Warum bleibt er dort stehen?

»Oh, mein Gott ... nein!«

Ohne es zu merken, hatte sie laut geschrien.

Ihr Herz schlug wie wild und ihr wurde übel. Denn sie war sich sicher, dass sie gerade gesehen hatte, wie sich Dex einen großen Fetzen Haut vom Gesicht riss.

13

»Du siehst fantastisch aus, Joanna. Aber steh gerade!«

»Mom, ich stehe gerade.«

»Na gut. Dann liegt's vielleicht an deinem Kleid.«

»Mom … hör jetzt bitte auf!«, rief Joanna. »Wenn du so weitermachst, fühle ich mich ganz verunsichert. Du nimmst mir jedes Selbstvertrauen.«

»Was? Ich? Warum sollte ich das tun, um Himmels willen?«, fragte Mrs. Collier verblüfft.

Weil du weißt, dass du in deinem hässlichen Abendkleid wie eine unscheinbare kleine Maus aussiehst, und du möchtest, dass ich mich genauso erbärmlich fühle wie du aussiehst, dachte Joanna. Aber sie schwieg.

Sie ging an der Seite ihrer Mutter die imposante Steintreppe zum alten Zeughaus hoch, in den hell erleuchteten Ballsaal. An den Wänden hingen dunkle Ölgemälde, Porträts einstiger Bürgermeister und anderer Honoratioren der Stadt im 19. Jahrhundert.

»Pfui Teufel! Was für scheußliche Kerle!«

»Joanna – bitte! Reiß dich etwas zusammen.«

»Was für ein Ort für eine Party«, sagte Joanna, zog ihren Mantel aus und gab ihn dem jungen Mann an der Garderobe.

»Du brauchst bloß für ein paar Stunden nett und charmant zu sein«, sagte ihre Mutter und plagte sich mit ihrem überdimensionalen Pelzmantel ab. Es gelang ihr nicht, den obersten Knopf zu öffnen. Schließlich half Joanna ihr. »Mehr verlange ich nicht. Das dürfte doch nicht allzu schwer sein, oder?«

»Ich werde mir Mühe geben«, sagte Joanna und sah sich missmutig in dem zugigen alten Saal um. Der *Ladies Club* hielt jedes Jahr im Winter seine Wohltätigkeitsveranstaltung hier im Zeughaus ab. Und in diesem Jahr hatte ihre Mutter freiwillig als Vorsitzende die Leitung dieses Ereignisses übernommen.

Warum eigentlich nicht?, hatte Joanna gedacht. Schließlich hat sie nichts anderes zu tun.

Doch dann hatte Mrs. Collier auch ihre Tochter eingespannt und sie gebeten, auf dem Fest den Punsch auszuschenken.

Joanna wusste, dass der Abend ihr unendlich lang erscheinen würde, obwohl er schon um elf Uhr zu Ende war. Sie hatte alles getan, um sich vor dieser Verpflichtung zu drücken, sogar behauptet, sie leide unter einer Darmgrippe. Aber ihre Mutter hatte keine Entschuldigung gelten lassen.

Ein ganzer Samstagabend vertan, stöhnte sie innerlich und schob die Träger ihres grünen Samtkleides zurecht, während sie zu der riesigen Bowle aus Kristall ging, die auf dem Tisch an der Wand stand.

Ich hätte stattdessen mit Shep ausgehen können. Oder mit Dex.

Seit über einer Woche hatte Joanna Dex nicht mehr gesehen, nicht seit jenem unerfreulichen Abend in diesem schäbigen Tanzclub. Die Woche über hatte er ein paar Mal angerufen und sich nett angehört, fast so wie früher.

Gestern Abend war sie mit Shep ins Kino gegangen; die beiden hatten sich eine Komödie mit Tom Hanks angeschaut. Shep hatte wie verrückt gelacht. Noch nie hatte sie ihn derart ausgelassen erlebt. Sie fand sein Lachen albern und er gefiel ihr viel besser, wenn er ernst war. Aber sie freute sich auch, dass er jetzt lockerer wurde. Die beiden hatten einen wirklich netten Abend miteinander verbracht.

Und jetzt stand sie hier in diesem alten Zeughaus rum und starrte auf das bärtige, verdrießliche Gesicht eines William Beathard Rogerson, 1849–1910. Warum versteckte der Mann seine linke Hand in seinem Hemd? Juckte es ihn?

Der Saal war schnell voll geworden, die meisten Leute waren schon älter oder sogar richtig alt, aber alle trugen teure Kleidung. Joanna seufzte schwermütig. Ob *ich* in vierzig Jahren wohl auch so aussehe?, fragte sie sich.

Auf keinen Fall.

Sie setzte ein gekünsteltes Lächeln auf und dachte an Dex, während sie die kristallenen Gläser auf dem Tisch mit Punsch füllte. Was er wohl heute Abend machte?

»Sind Sie nicht Dorothys Tochter?«, fragte Joanna eine Dame in einem schulterfreien, violetten Abendkleid.

»Ja, die bin ich«, antwortete Joanna automatisch

lächelnd und fügte sofort hinzu: »Möchten Sie ein Glas Punsch?«

Die Lady war stark geschminkt, in Farbtönen, die zu ihrer Robe passten, und hatte kurz geschnittenes, silbergraues, perfekt gestyltes Haar.

»Aber gern, Liebes. Ihre Mutter hat mir erzählt, dass Sie mit dem jungen Shephard Forrest befreundet sind.«

Joanna war so überrascht, dass sie etwas Punsch verschüttete. »Ja, das bin ich.« Musste ihre Mutter das überall verkünden?

»Ich frage nur, weil ich mit seiner Familie seit Jahrzehnten befreundet bin«, sagte die Lady und streckte ihre violett behandschuhte Hand Joanna entgegen. »Ich bin Sylvia Norris.«

»Guten Abend, Mrs. Norris. Ich freue mich, Sie kennen zu lernen«, entgegnete Joanna höflich und reichte ihr das Glas Punsch.

»Shephard ist ein fabelhafter junger Mann. Sie beide geben ein perfektes Paar ab.«

»Danke.«

Glücklicherweise tippte ein weißhaariger Gentleman im Smoking Mrs. Norris in diesem Moment auf die Schulter. Sie drehte sich um, begrüßte ihn und dann schlenderten die beiden, sich angeregt unterhaltend, davon.

Für ihr Alter ist Mrs. Norris gar nicht schlecht konserviert, dachte Joanna. Hoffentlich kann ich mir in ihrem Alter auch noch so einen kräftigen Lippenstift leisten.

Aber was sie über Shep und mich gesagt hat, stimmt: Wir *sind* das perfekte Paar.

Warum gehe ich dann weiter mit Dex aus? Das ist doch verrückt. Und sieht mir so gar nicht ähnlich.

Wieder goss sie Punsch in zwei Gläser und gab sie den schon wartenden Gästen.

Wahrscheinlich ist mein Verhalten auf einen Charakterfehler zurückzuführen, sagte sie sich. Ja, das ist es. Dex ist nichts als ein Fehler in meinem Charakter.

Nächstes Wochenende gebe ich ihm endgültig den Laufpass. Oder soll ich ihm einen Abschiedsbrief schreiben?

Nein. Ein Abschiedsbrief würde bei ihm nichts nützen. Das wäre für ihn wieder ein Anlass, nachts in mein Zimmer zu klettern, mich zu einer seiner idiotischen Spritztouren aufzufordern und zu behaupten, er habe den Brief nie bekommen.

Nein. Ich muss ihm persönlich sagen, dass es mit uns aus ist. Von Angesicht zu Angesicht.

Sie stellte sich Dex' Gesicht vor. Früher einmal hatte er so gut ausgesehen.

Sie stellte sich seinen grünen Teint vor. Und dann sah sie, wie sich ein ganzer Fetzen Haut von seiner Wange löste.

Das war doch nicht wirklich passiert, oder?

Natürlich hatte sie sich das alles nur eingebildet. Aber warum war Dex jetzt so anders? Warum verhielt er sich so anders? Und warum sah er so anders aus?

Zwischen uns beiden ist es aus, dachte Joanna, schenkte wieder Gläser mit Punsch voll und lächelte automatisch zwei dickliche, gut gekleidete Matronen an, die ihr Lächeln ebenso automatisch erwiderten.

Genauso mache ich es. Ich gebe ihm nächsten Samstag den Laufpass.

Mir kann es doch egal sein, dass er oben am Kliff fast ums Leben gekommen wäre. Schließlich hatte er diese blöde Idee. Das Ganze war sein Fehler. Diese idiotische Inszenierung am Rand des Abgrunds. Das musste ja schief gehen.

Warum sollte ich mich da noch schuldig fühlen? Ich konnte nichts dafür.

Ich habe auch keine Gefühle mehr für ihn. Da kann ich mich nicht mehr mit ihm treffen und so tun, als bedeute er mir noch etwas. Und das alles wegen dieser einen blöden Nacht.

Nachdem Joanna diese Entscheidung getroffen hatte, verbannte sie Dex aus ihren Gedanken. Den Rest des Abends konzentrierte sie sich auf Shep. Er sah so gut aus und war so nett und sie passten so gut zusammen.

Plötzlich gefiel ihr sogar sein dämliches Lachen.

Etwa um Viertel nach elf tauchte Mrs. Collier beschwingt und bester Laune auf und erklärte ihrer Tochter, sie könne jetzt nach Hause fahren.

»Ich gehe noch mit den Waynes und den Sturbridges aus«, sagte sie und drückte Joannas Arm. »Sie bringen mich heim. Vielen Dank für deine Hilfe, Liebes.«

»Und ich danke dir, dass du mich zum Mitkommen gezwungen hast«, erwiderte Joanna lachend, damit ihre Mutter den Scherz auch als solchen erkannte.

Nachdem sie ihren Mantel geholt hatte, eilte sie die Treppe hinunter und lief zum Parkplatz. Als sie dem Parkwächter ihr Ticket geben wollte, hielt sie plötzlich überrascht inne.

»Pete!«

Der junge Mann erkannte Joanna nicht gleich, wahrscheinlich, weil er sie noch nie in so schicker Kleidung gesehen hatte.

»Joanna?«

»Wie geht's dir? Ich meine, was machst du hier?«, plapperte sie.

Pete sah noch genauso ungepflegt wie früher aus.

»Ich ... ich parke die Autos ein«, sagte er irgendwie zögernd. »Das wird gut bezahlt. Außerdem kriege ich noch einen Wochenend-Bonus.«

»Hey, das ist ja riesig!«, sagte sie mit falscher Begeisterung.

Die beiden starrten sich an. Joanna hatte noch immer ihren Parkschein in der Hand.

»Wo hast du denn so lange gesteckt?«, fragte sie. »Ich habe dich seit einer Ewigkeit nicht mehr gesehen.«

Eigentlich wünschte sie sich, so schnell wie möglich von hier zu verschwinden, ohne mit Pete Belanglosigkeiten bequatschen zu müssen.

»Ja. Ist schon länger her«, antwortete er und klatschte die Hände zusammen, um sie zu wärmen.

»Kürzlich habe ich mich mit Dex getroffen«, fuhr sie fort, krampfhaft auf der Suche nach einem Gesprächsthema. »Mich wundert, dass er gar nicht von dir geredet hat. Er ...«

»Du hast was?«, fragte Pete, äußerst verwirrt.

»Ich habe mich mit Dex getroffen. Aber irgendwas stimmt nicht mit ihm, meinst du nicht auch? Er sieht so …«

»Joanna – worüber redest du?«, unterbrach Pete kopfschüttelnd das junge Mädchen, ein seltsames Grinsen im Gesicht. »Du willst mich wohl verarschen, oder was?«

»Dich verarschen?«

»Ja. Das ist ein richtig übler Scherz«, sagte er und trat gegen die Bordsteinkante.

»Pete, ich traf mich letzte Woche mit Dex und …«

»Bist du denn total ausgeflippt? Dex ist tot. Er ist tot, Joanna.«

»Hör auf, Pete. Dex ist nicht tot. Warum redest du solchen Quatsch? Ich habe ihn letzte Woche gesehen. Ich habe ihn berührt. Ich habe mit ihm getanzt. Er ist nicht tot. Warum beharrst du darauf, dass …«

»Ich kapiere nicht, worauf du hinaus willst. Bist du verrückt, oder was?«, fragte Pete und starrte sie wütend an. »Ich weiß nur eins, Joanna«, fügte er so leise hinzu, dass sie ihn kaum verstehen konnte. »Dex ist tot.«

»Aber …«

»Ich war auf seiner Beerdigung. Ich habe ihn in der Kiste gesehen. Er war tot. Mausetot.«

»Pete …«

»Vielleicht *glaubst* du, dass du Dex siehst«, sprach Pete hitzig weiter. »Vielleicht stellst du dir das vor, weil du Schuldgefühle oder so was hast. Ich meine, du müsstest dich doch schuldig fühlen, weil du ihn da im Stich gelassen hast. Weil du ihn einfach hast sterben lassen.«

»Das habe ich nicht getan! Ich …«

Ach, es nützt doch nichts, Pete das erklären zu wollen, dachte sie.

»Vielleicht brauchst du Hilfe oder so was. Ich bin kein Doktor. Wie ich schon sagte, ich weiß nur eins: Dex ist tot. Er ist tot, Joanna. Ich habe ihn sterben sehen. Und ich sah ihn, ehe er beerdigt wurde. Er ist tot. Mausetot. Und das ist die Wahrheit.«

14

Joanna fuhr langsam und vorsichtig nach Hause, weil ihre Gedanken noch immer um ihr Gespräch mit Pete kreisten. Mit zitternden Händen umklammerte sie fest das Lenkrad. Und obwohl sie die Heizung voll aufgedreht hatte, fror sie.

Fröstelnd stieg sie aus ihrem Wagen und ging durch die Garagentür ins Haus. Sofort zog sie sich warme Kleider an – einen dicken Wollpullover und weiche, blaue Jogginghosen. Dann machte sie sich einen Tee. Sie konnte sich nicht beruhigen und hörte ständig Petes erschreckende Worte.

Ich glaube Pete, dachte sie. Aber wie *konnte* sie Pete glauben? Was hatte das zu bedeuten? Denn wenn sie Pete glaubte, war sie mit einem *Gespenst* ausgegangen.

Aber Dex war kein Gespenst, kein Untoter. Das gab es nicht. Davon war sie überzeugt.

»Das macht einfach keinen Sinn!«, rief sie laut, bedauerte ihren Ausbruch aber sofort, weil sie Angst bekam, die Hausangestellte zu wecken.

Mit ihrem Teebecher ging sie von der Küche ins Wohnzimmer und schaltete alle Lampen ein. Von dem Tee wurde ihr etwas wärmer und das Zittern hörte auf.

Dafür muss es doch eine logische Erklärung geben, dachte sie.

Es gibt doch für alles eine logische Erklärung, richtig?

Sie setzte sich in den großen Polstersessel, zog die Beine unter sich und hielt den Becher auf ihrem Schoß.

Denk noch einmal darüber nach …

Aber es gab keine Möglichkeit, diese Situation logisch zu erfassen.

Dex sei tot. Das hatte ihr Pete im Oktober im Krankenhaus erzählt. Und dann, vor ein paar Wochen, im Dezember, war Dex wieder aufgetaucht. Er sei verletzt gewesen, hatte er gesagt. Und sein Aussehen und Benehmen ließen auch auf schwere Verletzungen schließen. Aber er lebte. Er war eindeutig am Leben.

Dagegen sprach allerdings die Tatsache, dass Pete behauptete, er sei tot. Pete war auf Dex' Beerdigung gewesen.

Das bedeutete also …

Das bedeutete …

Was?

Als Mrs. Collier kurz nach eins heimkam, saß Joanna noch immer im Wohnzimmer und starrte – den jetzt leeren Teebecher in der Hand – an die Wand.

»Du meine Güte, Joanna. Ich dachte, du schläfst längst.«

»Na ja, nein, ich …«

»Was für ein Abend!«, sagte Mrs. Collier überschwänglich. »Und was für ein toller Erfolg. Weißt du, wie viel Geld für den Wohltätigkeitsfonds gespendet wurde?«

»Nein«, entgegnete Joanna völlig desinteressiert.

»Eine ganze Menge. Weißt du, was Mrs. Norris zu mir gesagt hat? Sie hat gesagt …«

Mrs. Collier schwatzte unentwegt weiter, doch Joanna schaltete ab und hörte die Stimme ihrer Mutter nur noch als leises Summen im Hintergrund, voll mit ihren eigenen Gedanken beschäftigt. Gelegentlich nickte sie und brummte: »Hmhm«, damit ihre Mutter glaubte, sie höre zu. So kann sie, ohne Luft zu holen, eine halbe Stunde weiterreden, dachte Joanna. Na, lass sie doch. Dieser Abend ist schließlich der Höhepunkt des Jahres in ihrem Leben. Arme Mom.

Joanna dachte an Dex und versuchte, die Puzzlestücke dieses Rätsels zusammenzufügen. Aber die Stücke passten einfach nicht zueinander.

Obwohl Dex anders war als früher, war er doch eindeutig Dex.

Joanna überlegte, welche Veränderungen ihr an ihm aufgefallen waren. Der grünliche Teint. Der steife, hölzerne Gang, der moderige Geruch, die lockeren Zähne, die Haut, die sich abschälte wie … wie bei einem Zombie, einem willenlosen Toten.

Die Nacht der lebenden Toten.

Igitt.

Meine Fantasie geht mit mir durch, schalt sie sich. Denk jetzt mal logisch.

Für Zombies gibt es keine logische Erklärung. Das sind Hirngespinste, die der Wodukult hervorgebracht hat.

»Ich glaube, du hast nicht ein Wort von dem mitgekriegt, was ich dir erzählt habe«, sagte ihr Mutter, stand auf und ging zur Vordertreppe.

»Natürlich habe ich dir zugehört«, log Joanna und fügte schnell hinzu: »Mom, ich muss noch mal weg.«

Mrs. Collier schaute auf ihre mit Diamanten besetzte Armbanduhr und fragte: »Um diese Zeit? Bist du verrückt?«

Hoffentlich nicht, dachte Joanna.

»Ähm ... ich bin noch so aufgedreht, von der Party und so. Die ganze Aufregung, weißt du. Ich kann mich einfach nicht entspannen. Eine kleine Spritztour an der frischen Luft würde mir guttun.«

»Du willst mit dem Wagen wegfahren? Nein, Joanna. Fahr nicht so spät nachts noch in der Gegend rum«, bat ihre Mutter und wischte mit ihrem angefeuchteten Zeigefinger über das Uhrenglas. »Als du das letzte Mal nachts unterwegs warst ...«

»Ich werde ganz vorsichtig sein, Mom«, sagte Joanna und dachte: Wie nett von dir, dass du dir um mich Sorgen machst. »Und bin bald wieder zu Hause. Versprochen.«

Joanna eilte an ihrer Mutter vorbei, nahm ihre Daunenjacke aus dem Wandschrank und ging in die Garage.

»Sei vorsichtig!«, rief ihr ihre Mutter nach. »Mir passt das wirklich überhaupt nicht!«

Mir auch nicht, dachte Jaonna und fuhr den Wagen rückwärts die Zufahrt hinunter. Ich läge lieber sicher und warm in meinem Bett.

Aber ich muss den Dingen auf den Grund gehen. Ich muss wissen, was hier los ist.

Als sie in die Fairview Street einbog, die Straße, die quer durch die Stadt zu Dex' Haus führte, wurde ihr vor Angst ganz flau im Magen.

Und plötzlich hatte sie das Gefühl, die Wahrheit könnte noch viel Furcht erregender sein als ihre Ungewissheit.

15

Dex' Viertel war noch verwahrloster als Joanna es in Erinnerung hatte. Die kleinen Häuser – eher schäbige Hütten mit winzigen Vorgärten – waren so dicht aneinander gebaut, dass sie sich gegenseitig zu stützen schienen.

Kein Wunder, dass sich Dex mit mir immer in meinem Stadtviertel treffen wollte, dachte Joanna und drückte den Knopf für die automatische Türverriegelung.

Langsam fuhr sie auf Dex' Häuserblock zu. Auf der gegenüberliegenden Straßenseite warfen zwei magere Köter, die im Licht ihrer Scheinwerfer wie Skelette aussahen, eine Mülltonne um. Der Deckel fiel scheppernd aufs Pflaster und rollte mitten auf die Straße. Die Hunde zerrten – sich anknurrend – an einem in braunes Papier gewickelten Paket.

Joanna wich schlingernd dem Mülltonnendeckel aus und sah dann die ausgemergelten Hunde im Rückspiegel. Trotz der geschlossenen Fenster konnte sie das bösartige Knurren hören, als die Köter ihre ekelhafte Beute zerfetzten.

Warum stellen die Leute hier ihre Mülltonnen auf die Straße?, fragte sich Joanna und hielt die Luft an, um den Gestank nicht einzuatmen. Und warum füttern sie ihre Hunde nicht?

War das da vorn Dex' Haus? Das kleine Ziegelsteinhaus mit der zerbrochenen Fensterscheibe, in die Zeitungspapier gestopft war?

Ja, da wohnte er. Einmal war sie hier gewesen.

Joanna ließ ihren Wagen ausrollen, schaltete den Motor aber nicht aus. Bis auf ein trübes Licht von der Lampe über der schmalen Eingangstreppe war es im Haus dunkel. Auf dem winzigen Viereck, dem Vorgarten, lag ein vergammelter Autoreifen zwischen Gestrüpp und Unkraut.

Kenne ich wirklich jemanden, der *hier* wohnt?, dachte Joanna.

Wie konnte ich jemals mit jemandem ausgehen, in dessen Vorgarten ein Autoreifen liegt und der Zeitungspapier ins Fenster stopft?

Und was habe ich jetzt hier zu suchen? Im Haus ist es dunkel. Dex und seine Tante schlafen wahrscheinlich.

Das ist verrückt. Total verrückt.

Joanna warf einen Blick auf die Uhr in ihrem Armaturenbrett. Halb zwei.

Dex bleibt gewöhnlich lange auf, dachte sie und starrte das im Dunkeln liegende Haus an. Vielleicht schläft er ja doch nicht. Jetzt bin ich den ganzen Weg bis hierher gefahren. Ich muss einfach mit ihm reden.

Wenn ich leise an die Haustür klopfe, hört seine alte Tante mich wahrscheinlich nicht und er macht mir die Tür auf.

Nachdem sie diesen Entschluss gefasst hatte, parkte sie ihr Auto am Randstein, weil es keine Auffahrt gab. Als sie die Scheinwerfer ausgeschaltet hatte, erschreckte sie die plötzliche Dunkelheit.

Können sich die Leute hier nicht mal eine Straßenbeleuchtung leisten?, fragte sie sich.

Na ja, wenn ich erst mal mit Dex Schluss gemacht habe, muss ich nie mehr in dieses schreckliche Viertel fahren – es sei denn, der Wohltätigkeitsverein plant hier irgendeine Aktion.

Widerwillig öffnete sie die Autotür und trat auf die dunkle Straße. Es wehte ein kalter, böiger Wind.

Ich mache einen Fehler, dachte sie. Einen ganz blöden Fehler.

Nein. Ich muss die Wahrheit über Dex wissen. Ich muss wissen … Was?

Ob er tot ist oder noch lebt?

Nur das Heulen des Windes war zu hören. Ein schmaler, mit Unkraut überwucherter Betonweg führte zur Treppe von Dex' Haus. In dem trüben gelben Licht der Lampe über der Tür sahen die Schatten an der Wand wie lauernde Tiere aus.

Joannas Schritte klangen unnatürlich laut auf dem Beton. Als weiter unten an der Straße eine weitere Mülltonne scheppernd umfiel, schnappte sie erschreckt nach Luft. Jetzt bellten die beiden Hunde weiter entfernt, stritten sich um die Abfälle. Der Wind wehte ihr den Gestank in die Nase und sie blieb mit angehaltenem Atem auf der Treppe stehen.

Aus irgendeinem Grund musste sie daran denken, wie süß Dex immer gerochen hatte, wenn er sie in den Armen hielt.

So roch er jetzt nicht mehr. Er roch nach Müll, nach Abfall.

Joanna suchte nach einer Türklingel, fand aber

keine. Das Fliegengitter war am oberen Ende eingerissen, sodass eine Ecke herunterhing.

Sie wappnete sich und klopfte leise an die Tür.

Hoffentlich schläfst du nicht, Dex. Komm an die Tür, damit ich sehe, dass du lebst.

Und sag mir, dass Pete lügt. Sag mir, dass Pete verrückt geworden ist. Dass Pete aus der Klapsmühle geflohen und nur zum Parkplatz des Zeughauses gekommen ist, um mir Angst einzujagen, damit ich so verrückt werde wie er.

Ich habe Pete immer gehasst.

Pete, mit diesem dämlichen Diamantohrstecker und dem gegelten stacheligen Haar. Er ist einfach nur widerlich und blöde.

Ich habe nie verstanden, warum du ihn so gemocht hast, Dex. Ich habe nie begriffen, worüber ihr beide geredet und gelacht habt.

Pete ist nichts als ein unterbelichteter Kerl. Total gaga.

Eine Windböe riss die Fliegengittertür auf.

Joanna schrie erschreckt auf und hob abwehrend die Hand, damit die Tür ihr nicht ins Gesicht schlug.

Als hätte ein Gespenst die Tür aufgestoßen, dachte sie.

Verlier jetzt bloß nicht die Nerven, ermahnte sie sich. Dreh jetzt nicht durch, Joanna.

Wieder klopfte sie, fester dieses Mal.

Und lauschte. Stille.

Vielleicht ist Dex gar nicht zu Hause. Es sähe ihm ähnlich, die ganze Nacht unterwegs zu sein. Vielleicht war die Fahrt hierher umsonst.

Aber was blieb mir denn anderes übrig, als herzukommen. Pete hat mich so durcheinander gebracht, dass ich …

Wieder klopfte sie, hämmerte mit der Faust gegen die Tür.

Au. Das tat weh.

Noch immer rührte sich nichts.

Okay. Ich hab's wenigstens versucht, dachte sie.

Joanna war enttäuscht – und erleichtert.

Rückwärts ging sie die Treppe hinunter, lauschte noch immer auf irgendein Lebenszeichen im Haus – und prallte gegen jemanden.

Fühlte heißen Atem in ihrem Nacken.

Der Wind schien ihren Schrei zu ersticken. Der Ton blieb ihr in der Kehle stecken.

Joanna schrie noch einmal – sie konnte nicht anders.

Sie drehte sich um und schaute in Dex' Gesicht.

»Dex?«

Seine dunklen Augen bohrten sich starr in ihre. Sein Gesicht war völlig ausdruckslos, es zeigte weder Überraschung noch Aufregung noch Freude über ihren unerwarteten Besuch.

Überhaupt keine Gefühle.

»Dex? Bist du okay?«

Er antwortete nicht.

»Entschuldige, dass ich so geschrien habe«, sagte Joanna und war plötzlich verlegen. Sie hatte sich wie ein kleines Mädchen aufgeführt. Und so eine Reaktion sah ihr überhaupt nicht ähnlich. »Aber du hast mir einen fürchterlichen Schreck eingejagt. Ich hatte nicht erwartet …«

Er trat in den trüben Lichtschein.

»Oh«, entfuhr ihr ein Entsetzensschrei.

Er sah fürchterlich aus.

Seine Haut war erbsengrün, seine noch immer starren Augen waren rot.

Während Joanna ihn entgeistert anstarrte, fühlte sie, wie Angst und Entsetzen ihren Körper lähmten und sie bewegungsunfähig machten, förmlich erstarren ließen.

Die Haut löste sich von seinem Gesicht. Seine Stirn war pockennarbig und aufgerissen, als wären Hautstücke abgefallen.

Sein früher so schönes, seidiges schwarzes Haar sah aus, als wäre es verrutscht. Ein Stück Kopfhaut fehlte und darunter kam ein grauer Fleck zum Vorschein.

Seine *Kopfhaut*?!

»Dex«, schrie sie und konnte den Blick nicht abwenden, obwohl sie nicht mehr hinsehen, sondern nur noch davonlaufen wollte. »Dex – was ist mit dir?«

Und dann: dieser Geruch. Dieser entsetzliche Gestank nach Fäulnis und Müll. Er lag nicht in der Luft. Er kam von Dex.

Und es ist nicht der Müll, der so stinkt, dachte sie und ihr wurde schlecht. Er riecht nach Verwesung.

»Dex – sag doch was!«

Er starrte sie nur weiter an.

»Dex – *bitte*! Du machst mir wirklich *Angst*.«

Endlich lächelte er.

Ein langsames, wie in Zeitlupe ablaufendes Grinsen breitete sich auf seinem Gesicht aus.

Ich träume, dachte Joanna plötzlich. Einen Traum in Zeitlupe.

Wach auf, wach auf, wach auf.

Da öffnete Dex grinsend den Mund.

»Nein!«, schrie Joanna als sie sah, dass er keine Schneidezähne mehr hatte.

Er trat vor und drückte sie mit dem Rücken gegen die Fliegengittertür. Dann hob er die Hand. Darin hielt er eine verblasste, zerfledderte Ansteckblume, in der eine silberne Nadel steckte. Etwas Dunkles tropfte über die Blütenblätter. Er stank wie verfaulendes Fleisch. Dann grinste er sie an – grinste sie mit diesem zahnlosen Grinsen an.

»Wir wär's mit einem Kuss, Joanna?«, fragte er und seine Stimme klang wie der Hauch des Windes.

16

»Joanna, was ist mit dir los? Warum stehst du nicht auf?«

»Ich … ich kann nicht«, sagte Joanna stöhnend und hob mühsam den Kopf von ihrem Kissen. »Ich bin krank.«

Ihre Mutter, die Hand auf der Türklinke, in einem sehr eleganten grauen Kostüm, schüttelte den Kopf und entgegnete ruhig: »Ich wusste ja, dass dir dieses nächtliche Rumfahren nicht bekommt.«

Die Arme ahnt nicht mal, wie Recht sie hat, dachte Joanna resigniert.

»Und jetzt hast du dir diese schreckliche Grippe eingefangen, die überall grassiert.«

»Nein, das glaube ich nicht, Mom. Ich bin nur furchtbar müde. Richtig erschöpft. Einen Tag Bettruhe und es geht mir wieder gut.«

Es wird mir nie wieder gut gehen, dachte sie bedrückt. Nie werde ich dieses fürchterliche verfaulende Gesicht vergessen können.

»Also, wenn du keine Grippe hast, könntest du dir etwas Mühe geben und wenigstens in die Kirche gehen«, sagte ihre Mutter und zupfte an ihrer schmalen Krawatte, die sie zu ihrer gefältelten Seidenbluse trug. »Alle werden nach dir fragen. Ich habe gestern Abend eine Menge Komplimente deinetwegen bekommen.«

Als wäre ich eine preisgekrönte Rassehündin, dachte Joanna bitter. ›Ach, was für feine Gesichtszüge sie hat! Und diese Figur! Könnten Sie uns zeigen, was sie alles kann, Mrs. Collier? Sitzt sie auch brav auf Kommando und macht Männchen?‹

»Ich kann dich wirklich nicht zur Kirche begleiten, Mom. Ich möchte nur den ganzen Tag schlafen. Tut mir Leid.«

Eher enttäuscht als betroffen sagte Mrs. Collier: »Du weißt doch, dass ich erst spät heute Abend zurückkomme? Ich bin nämlich zum Lunch bei den Wilkersons eingeladen und dann geben die Smiths eine Cocktail-Party mit anschließendem Dinner.«

Na, das sind mal gute Nachrichten, dachte Joanna. Dann geh doch endlich. Bitte, geh.

»Soll ich dir noch etwas bringen, Liebes? Du siehst *wirklich* sehr mitgenommen aus.«

Danke, Mom, dass du noch deinen kleinen Giftpfeil abgeschossen hast, dachte Joanna. Aber sie sagte: »Nein, danke. Sollte ich etwas brauchen, rufe ich Helen.«

»Nein, das geht nicht. Ich habe Helen heute Morgen frei gegeben. Sie besucht ihre Schwester. Hätte ich gewusst, dass du dich nicht wohl fühlst, dann hätte ich ihr natürlich nicht frei gegeben …«

Das ist sogar noch besser, dachte Joanna und vergrub ihren Kopf tiefer im Kissen. Dann gehört das ganze Haus mir.

»Geh nur, Mom. Sonst kommst du noch zu spät zur Kirche. Und sag deinen Bekannten, es tue mir Leid, dass ich nicht habe kommen können.«

Mit diesen Worten drehte sie ihrer Mutter den Rücken zu, in der Hoffnung, sie würde den Wink verstehen.

Kurz darauf hörte sie ihre Mutter die Treppe hinuntergehen und etwas später die Autotür ins Schloss fallen. Der Motor wurde gestartet und ihre Mutter fuhr davon.

Und jetzt? Soll ich den ganzen Tag hier rumliegen und darüber nachdenken, wie ich es fertig gebracht habe, dass mein Leben zu einer einzigen Horror-Show geworden ist?

Oder soll ich wieder schlafen? Ich kann bestimmt *nie* wieder schlafen – wie sollte ich?

Was mache ich jetzt? Soll ich so tun, als hätte es die letzte Nacht nicht gegeben? Als wäre aus Dex nicht irgendein gespenstisches, schreckliches Geschöpf geworden?

Joanna wälzte sich unruhig in ihrem Bett hin und her, unfähig, eine bequeme Lage zu finden. Ganz plötzlich wurde ihr bewusst, dass das Alleinsein in diesem Zustand nicht gerade gut für sie war. Denn solange sie allein war, würde sie ständig weitergrübeln.

Und sie würde ständig sein sich auflösendes Gesicht sehen, dieses in Verwesung übergehende grünliche Fleisch, die durchschimmernden Knochen, die fehlenden Zähne …

»Nein!«, rief sie, richtete sich auf und stellte die Füße auf den Teppich.

Sie wollte aufstehen, doch ihr Knöchel schmerzte noch immer. Sie war umgeknickt, als sie heute Nacht vor Dex davongelaufen war.

Sie probierte es noch einmal, den Fuß nur mäßig belastend. Wenn sie vorsichtig war, konnte sie gehen.

War sie wirklich voller Entsetzen vor Dex geflohen? Vor Dex, von dem sie einmal geglaubt hatte, dass er ihr etwas bedeute; vor Dex, den sie glaubte besser als jeden anderen Menschen zu kennen?

Ja. Sie war die Stufen hinuntergesprungen, in heilloser Panik vor seiner Ekel erregenden Umarmung aus dem kleinen Vorgarten gestürmt.

Er hatte nicht mehr wie ein Mensch gewirkt, sondern wie eines dieser Geschöpfe aus einem Horrorfilm, die nachts im Kabel-Fernsehen gezeigt wurden.

Doch der noch immer leicht pochende Schmerz in ihrem Knöchel war der Beweis, dass diese Szene Wirklichkeit gewesen war, ebenso wie sein grinsendes Gesicht, das wieder und wieder vor ihrem geistigen Auge auftauchte.

Vergangene Nacht, als sie vor ihm geflohen und dann über den Autoreifen in seinem Vorgarten gestürzt war, hatte sie zurückgeblickt. Doch zu ihrer großen Erleichterung hatte sich Dex nicht gerührt. Er stand steifbeinig mit dem Rücken zur Tür da, dieses abscheuliche Grinsen in seinem verfaulenden Gesicht.

Und dann dieser Gestank. Oh, dieser widerliche Gestank!

Mit schmerzendem Knöchel war Joanna zu ihrem Wagen gehumpelt. Sobald sie zu Hause war, hatte sie ihre Kleider in die Waschmaschine gesteckt und sich geduscht.

Noch nie im Leben hatte sie so lange geduscht und versucht, diesen abscheulichen Gestank abzuwaschen, den Anblick von Dex aus ihrem Gedächtnis zu spülen und ihre Angst, ihre Verwirrung los zu werden.

Aber die Dusche konnte nichts von dem wegwaschen, weder äußerlich noch innerlich. Sie fror noch immer und ihre Angst war unvermindert präsent – wie vor dem elenden kleinen Haus, als sie in seine starren rotglühenden Augen gestarrt hatte.

Jetzt, am Sonntagmorgen, klebte der Horror dieser Szene an Joanna wie ein kalter, feuchter Nebel.

Ich hätte meine Mutter in die Kirche begleiten sollen. Nein. Ich muss mit jemandem reden. Ich muss das alles jemandem erzählen.

Aber wem? – Mary. Ja, natürlich. Mary.

Alles in allem war Mary ihre einzige Freundin. Die einzige, die Dex kannte. Die die ganze Geschichte kannte. Oder fast alles.

Mary war die Einzige, die verstehen und ihr glauben würde. Falls es überhaupt jemanden gab, der ihr glaubte.

Denn Joanna war sich nicht einmal sicher, ob sie es selbst glaubte.

Sie ging – behutsam auftretend – durch ihr Zimmer und griff nach dem Mobiltelefon auf ihrem Schreibtisch. Sie wählte Marys Nummer und ging zu ihrem Bett zurück, setzte sich auf den Rand und starrte aus dem Fenster in den grauen, wie ihr schien, bedrohlich wirkenden Tag hinaus.

Beim sechsten Läuten nahm jemand ab. »Hallo, Mary?«

»Hi«, sagte Mary verschlafen.

»Mary, ich bin's, Joanna. Habe ich dich geweckt?«

»Nein. Ich musste nur aufstehen, um den Hörer abzunehmen.«

»Ach, wie lustig«, sagte Joanna.

»Den Witz habe ich aus dem Fernsehen. Aber wie spät ist es eigentlich, Joanna? Doch noch mitten in der Nacht, oder?«

»Nein. Es ist schon fast neun. Kannst du zu mir kommen?«

»Was?«

»Ich muss mit dir reden, Mary. Wirklich. Es ist wichtig«, sagte Joanna eindringlich.

Sofort ärgerte sie sich über den Klang ihrer Stimme, denn sie mochte es überhaupt nicht, dass sie sich wie ein hilfloses kleines Mädchen anhörte. Doch zum ersten Mal in ihrem Leben *fühlte* sie sich auch hilflos, so als wären die Dinge außer Kontrolle geraten, als befände sie sich in einer Situation, mit der sie nicht mehr fertig wurde.

Das war ein seltsames Gefühl und sie hasste es. Sie wünschte, sie würde gefasster klingen. Sie war nicht gern ehrlich, denn das machte sie verletzlich – selbst einer so guten Freundin gegenüber. *Vor allem* einer so guten Freundin gegenüber.

»Also, kannst du nun kommen oder nicht?«

»Wann denn? Jetzt?«, fragte Mary, noch immer verschlafen.

»Ja. Kannst du kommen?«

»Können wir nicht am Telefon miteinander reden, Joanna? Ich würde ja gerne kommen, aber wir sind bei meinen Cousins zum Lunch eingeladen und ...«

»Ich brauche dich. Echt, Mary!«

Das war wirklich peinlich. Richtig erniedrigend! Warum machte Mary es ihr so schwer?

»Gestern Nacht ist etwas Unheimliches passiert.«

»Okay. Ich komme. In einer Stunde oder so. Geht das?«

»O ja. Prima. Danke.«

»Joanna?«

»Ja?«

»Bist du okay?«

»Ich ... ich denke schon. Ja. Nein. Ach, ich weiß es nicht. Ich bin völlig durcheinander.«

Jetzt fühlte sie, wie ihre Kräfte nachließen. So als ob sie gleich anfangen würde zu weinen. Etwas, das sie seit Jahren nicht mehr getan hatte.

Fang jetzt bloß nicht damit an, dachte sie und riss sich mit aller Kraft zusammen. Fang jetzt bloß nicht damit an!

Außerdem, was gab's da eigentlich zum Heulen?

Nur weil Dex jetzt zu den Lebenden Toten gehörte? Nur weil dein Freund nach verfaultem Fleisch riecht und sein Gesicht verwest?

Na, eigentlich ist er ja gar nicht dein Freund. Du machst dir doch überhaupt nichts aus ihm. Und das ist die Wahrheit.

Es ist dir doch egal, ob er lebt – oder stirbt, wie?

»Bis bald also«, sagte sie in den Hörer und ging zum Schreibtisch, um das Telefon wieder in die Station zu stellen.

Da hörte sie ein Geräusch am Fenster und schrak voller Panik zusammen. Dieses so bekannte kratzende Geräusch. Jemand klopfte ans Fenster.

Dex!

Nein! Bitte nicht!

Nach Halt suchend umklammerte sie die Kante ihres Schreibtischs. Ihr zitterten die Knie; sie fühlte sich schwach; das Zimmer fing an, sich um sie zu drehen …

Sie hatte entsetzliche Angst, zum Fenster zu schauen.

Warum kletterte er am hellichten Tag an ihr Fenster? Was wollte er da?

»Verschwinde! Bitte … verschwinde!«, schrie sie.

17

Wieder dieses Klopfen.

Doch das war nicht Dex. Das war viel zu schwach für Dex. Dex hätte gegen die Scheibe gehämmert und gefordert, dass sie das Fenster öffne.

Im Geist sah sie sein grünes Gesicht, dieses grauenhafte Grinsen, dieses dunkle Loch anstelle eines Mundes, diese glühenden roten Augen.

Noch immer die Schreibtischkante umklammernd, drehte sie sich langsam zum Fenster um. Eine Taube stand auf dem Sims und pickte an die Scheibe. *Tap, tap, tap.*

Joanna, reiß dich zusammen!, schalt sie sich. Du kannst doch wegen einer blöden Taube nicht die Nerven verlieren, oder?

Vielleicht sollte sie noch einmal heiß duschen, noch einmal versuchen, das Entsetzen der letzten Nacht, das wie ein schmieriger Film an ihrem Körper zu kleben schien, abzuwaschen.

Also duschte sie lange und sehr heiß und wusch ihr Haar. Als sie sich abtrocknete, fühlte sie sich frischer – und etwas besser.

Schnell zog sie sich dann an, schlüpfte in weiche, grüne Kordsamthosen und ein langärmeliges gelbes T-Shirt. Dann ging sie in die Küche und frühstückte: Orangensaft, Cornflakes und Toast mit Butter.

Gerade als sie das schmutzige Geschirr im Geschirrspüler verstaute, fuhr Mary ihren kleinen Toyota in die Auffahrt. Joanna trocknete ihre Hände schnell an einem Küchentuch ab und lief in den Flur, um ihrer Freundin die Tür zu öffnen.

Kaum war Mary im Haus, rief sie: »Kaffee! Um Gottes willen, mach uns einen Kaffee. Ich brauche heute eine Starthilfe, damit ich in die Gänge komme.«

»Du siehst etwas mitgenommen aus«, sagte Joanna und musterte prüfend Marys blasses Gesicht. »Ist es gestern Abend spät geworden?«

»Nein. Eigentlich nicht«, seufzte Mary und folgte Joanna in die Küche. »Geht's dir inzwischen besser? Du hast dich am Telefon schrecklich angehört.«

»Ich denke schon«, sagte Joanna und goss Wasser in die Kaffeemaschine.

»Du hast so ... so verängstigt geklungen, Joanna. So ganz anders als sonst. Gar nicht wie du selbst.«

Mary zog ihre Daunenjacke aus und warf sie auf einen der hochbeinigen Küchenhocker. Sie setzte sich auf den Hocker daneben, beugte sich über die Theke und sah zu, wie Joanna den Kaffee abmaß.

»Ich ... ich weiß wirklich nicht, wo ich anfangen soll«, sagte Joanna. Sie hasste dieses Gefühl, verletzbar zu sein; für sie eine völlig neue Erfahrung. Aber sie musste sich einfach jemandem mitteilen.

»Es geht um Dex«, sagte sie schließlich.

»Gehst du noch immer mit ihm aus?«, fragte Mary und unterdrückte ein Gähnen.

Joanna schaltete die Kaffeemaschine ein. »Ja, schon. Aber ich ...«

»Mit ihm und dem anderen Jungen, Shep?«

»Ja. Aber ich werde jetzt mit Dex Schluss machen. Endgültig«, sagte Joanna verlegen, weil sie Marys Missbilligung spürte.

Die Richtung, die ihre Unterhaltung nahm, passte Joanna nicht. Sie wollte Mitgefühl von Mary – keine Missbilligung. Sie wollte Verständnis und Zuneigung. Und vielleicht auch eine Erklärung für diese seltsamen Ereignisse.

Eine Erklärung? Was erwartete sie da von Mary? Konnte es denn überhaupt eine Erklärung geben?

»Hör mal, Mary. Mit Dex passiert etwas Seltsames. Etwas Unheimliches.«

»Wie?«, fragte Mary und setzte sich kerzengerade hin. Sie schien jetzt wach zu werden.

»Ich glaube, dass Dex krank ist oder so was.«

»Ach? Hat er die Grippe?«

»Nein. Er ist nicht grippekrank. Er hat irgendeine andere Krankheit. Irgendwas sehr Ernstes, glaube ich.«

»Woher willst du das wissen, Joanna? Hat er dir gesagt, dass er krank sei?«

»Nein. Darüber redet er nicht. Aber … warte mal. Ich schenke uns erst Kaffee ein. Dann erzähle ich dir alles.«

Sie holte die Kaffeebecher aus dem Wandschrank und fuhr fort: »Es ist wirklich nett von dir, dass du sofort gekommen bist. Entschuldige noch mal, dass ich dich geweckt habe.«

»Das ist schon in Ordnung«, sagte Mary. »Du hast so … so verstört geklungen.«

Joanna schenkte zwei Becher voll Kaffee, gab

Milch und Zucker hinzu und trug sie ins gemütliche Wohnzimmer. Dann setzte sie sich neben ihre Freundin auf die lange, rote Ledercouch und erzählte ihr die ganze Geschichte von Anfang an – dem Abend im Tanzclub bis zu dieser Horrorszene der vorherigen Nacht.

Mary hörte schweigend zu, nippte von Zeit zu Zeit an ihrem Kaffee. Ihr Gesicht blieb so ausdruckslos, dass Joanna nicht wusste, was ihre Freundin dachte.

»Das war's«, sagte Joanna schließlich. »Bis jetzt, jedenfalls. Ich weiß einfach nicht mehr, was ich davon halten soll, Mary.«

»Das weiß ich auch nicht. Wirklich, ich weiß es nicht«, entgegnete Mary und starrte nachdenklich in ihren Kaffeebecher. »Jedenfalls vermute ich, dass du Recht hast. Dex muss an irgendeiner unheimlichen Krankheit leiden. Irgendetwas, das seinen Körper zersetzt.«

»Aber was könnte das sein?«, fragte Joanna. »Noch nie habe ich jemanden mit einer solchen Krankheit gesehen – nicht mal in der TV-Serie *General Hospital*.«

Das sollte ein Scherz sein, aber Mary lachte nicht. Sie schien angestrengt über etwas nachzudenken und sagte schließlich: »Pete macht mir auch Kopfzerbrechen. Er stiftet Verwirrung, denn er behauptet, dass Dex tot sei.«

»Ja. Als ich ihm erzählte, dass Dex lebt, sah er mich an, als hätte ich nicht mehr alle Tassen im Schrank«, entgegnete Joanna. »Pete behauptet, auf Dex' Beerdigung gewesen zu sein. Er kann darüber noch immer nicht richtig reden. Gestern Abend hatte er Tränen in den Augen, Mary.«

»Das alles ist so unheimlich«, sagte Mary. »Aber für alles gibt es eine logische Erklärung. Und wir finden schon noch raus, was an der Geschichte wahr ist.«

Sie hielt ihren Becher in die Höhe. »Kann ich noch einen Kaffee haben?«

»Natürlich. Bedien dich«, antwortete Joanna. »Ich möchte nur mal …«

In diesem Moment läutete das Telefon.

Sie griff nach dem Apparat, der neben der Couch auf einem Beistelltischchen stand. »Hallo?«

»Hallo, Joanna. Mann, bin ich froh, dass du zu Hause bist«, sagte die Stimme eines jungen Mannes. Sie klang verängstigt.

»Wer spricht denn da?«, fragte Joanna nervös.

»Pete, Joanna. Du musst mir jetzt gut zuhören.«

»Was? Was ist denn los, Pete? Du klingst so komisch.«

»Bitte, rede jetzt nicht. Hör mir nur zu. Ich habe nicht viel Zeit.«

»Pete … um Himmels willen, wovon redest du?«, fragte Joanna und Angst schnürte ihr die Kehle zu. Sie umklammerte das Telefon so fest, dass ihr die Hand weh tat.

»Joanna, ich habe ihn auch gesehen …«

»Wen? Dex?«

»Ja. Ich habe ihn gesehen«, antwortete Pete mit zitternder Stimme. Joanna konnte ihn kaum verstehen.

»Beruhige dich, Pete«, sagte sie. »Ich habe dir doch *erzählt*, dass ich Dex getroffen habe. Er …«

»Joanna ... *bitte*!«, schrie er jetzt. »Du begreifst nicht. Dex ist zurückgekommen. Von den Toten wieder auferstanden!«

»Was?«

»Das ist die Wahrheit, Joanna. Es tut mir Leid, aber es stimmt.«

»Pete, das ist doch unsinnig. Totaler Quatsch! Wo bist du jetzt?«

»Das ist doch egal. Hör mir zu. Dex war tot. Er war wirklich tot. Ich war auf seiner Beerdigung. Ich sah seine Leiche. Aber er ist aus dem Grab wieder auferstanden, Joanna. Das hat er mir selbst gesagt.«

»Das hat er dir gesagt?«

»Ja. Oh, mein Gott, er sieht entsetzlich aus. Er fällt auseinander. Das meine ich so. Stücke fallen einfach aus seinem Körper raus. Und er riecht fürchterlich. Er verwest. Er verwest einfach.«

Wieder hatte Joanna diesen grässlichen Gestank in der Nase. Selbst nach zwei langen, heißen Duschen war sie diesen Geruch noch immer nicht losgeworden. Sie sah Dex' zahnloses Grinsen vor sich.

»Pete, hör mir zu ...«

»*Du* hörst mir zu! Hör einfach nur zu«, fuhr Pete fort. Er klang, als wäre er noch mehr in Panik geraten. Im Hintergrund konnte Joanna Verkehrslärm hören, ein hupendes Auto. Pete rief offensichtlich von einer öffentlichen Telefonzelle aus an.

»Er ist zurückgekommen, weil er dich bestrafen will, Joanna«, sagte Pete mit zitternder Stimme. »Er ist aus dem Grab gestiegen, weil er es dir heimzahlen will – weil du ihn hast sterben lassen.«

»Aber ich ...«

»Er weiß alles, Joanna. Er weiß, dass du einfach davongefahren bist und ihn allein gelassen hast. Und er ist zurückgekommen, um Rache zu üben.«

»Pete, hör auf … ich …« Die Worte blieben Joanna im Hals stecken. Plötzlich fühlte sie sich krank – entsetzlich elend.

»Du musst abhauen!«, schrie Pete, um einen vorbeifahrenden Bus zu übertönen. »Du musst aus eurem Haus verschwinden. Dex ist schon auf dem Weg zu dir. Er will dich umbringen, Joanna! Das hat er mir gesagt. Er ist nur zurückgekommen, weil er dich töten will. Und er kann jeden Augenblick da sein!«

»Pete …«

Sie hörte den Verkehr im Hintergrund, aber Pete antwortete nicht.

»Pete?«

Die Verbindung war unterbrochen. Das Freizeichen ertönte.

»Was war *das* denn?«, fragte Mary, die mit einem vollen Becher Kaffee aus der Küche wiederkam.

»Dex. Er …« Joanna unterbrach sich und lauschte.

Ja, sie hatte richtig gehört. Jemand klopfte laut an die Haustür.

18

»Wovor hast du Angst? Du bist ja ganz blass«, sagte Mary und stellte ihre Kaffeetasse auf die Theke. »Da klopft doch nur jemand an der Haustür.«

Wieder klopfte es, dieses Mal etwas lauter und etwas länger. Dann schrillte die Türklingel.

»Bist du okay?«, fragte Mary. »Ich mache auf.«

»Nein … Mary …«, Joanna wollte ihre Freundin zurückhalten, brachte aber kein Wort mehr hervor. Mit wild klopfendem Herzen folgte sie Mary zum Eingang. »Nein! Mach nicht auf!«

Aber es war zu spät.

Schon hatte Mary die Tür geöffnet.

Ein vor Kälte zitternder Shep stand davor, obwohl er einen dicken Wollmantel trug.

»Hi, ich bin Shep«, stellte er sich vor und gab Mary die Hand.

Auch Mary stellte sich vor. Dann schaute Shep an ihr vorbei zu Joanna, die an der Wand lehnte und einen tiefen Seufzer der Erleichterung ausstieß.

»Gott sei Dank, dass du das bist. Nur du«, sagte Joanna.

«Was soll das denn heißen? Als Kompliment ist es wohl nicht gemeint«, entgegnete Shep lachend.

»Wir müssen gehen«, sagte Joanna, unfähig, ihre Angst zu verbergen.

»Wohin denn?«, fragte Shep und knöpfte seinen schweren Mantel auf. »Ich bin doch gerade erst gekommen.«

»Joanna – was ist denn mit dir los?«, fragte Mary. »Du siehst ja total verstört aus. Hat es etwas mit diesem Anruf zu tun?«

»Ja. Ich …« Sie schaute Shep an. Er wusste nichts von Dex. Er wusste nur, dass sie sich seinetwegen nach ihrem Autounfall von ihrem ehemaligen Freund getrennt hatte.

Wie sollte sie ihm erklären, was passiert war und wovor sie jetzt Angst hatte? Vor allem, da sie selbst die Ereignissse nicht begreifen konnte.

»Du wirst mich jetzt für verrückt halten«, sagte sie mit noch immer wild klopfendem Herzen.

»Das tue ich doch schon längst«, scherzte Shep und schenkte ihr ein warmes, beruhigendes Lächeln. »Hey – rieche ich da etwa Kaffee?«

»Ja. Ich habe gerade welchen gemacht«, sagte Mary.

»Für eine Tasse Kaffee könnte ich sogar jemanden umbringen«, sagte Shep und rieb sich die Hände, damit sie warm wurden. »Draußen ist es saukalt.«

»Wir haben keine Zeit zum Kaffeetrinken«, drängte Joanna ungeduldig. »Dex – er ist auf dem Weg hierher.«

»Dex?«, fragte Shep verwirrt.

»Er kommt hierher?«, rief Mary erschreckt.

»Das war Pete, vorhin am Telefon. Er … er hat Dex gesehen. Er weiß, dass Dex wieder da ist. Er …«

»Wer ist Dex?«, hakte Shep nach und legte seinen Mantel über das Treppengeländer. »Und was soll das heißen: ›Er ist wieder da?‹«

»Das ist eine zu lange Geschichte«, sagte Joanna, schloss die Augen und wünschte sich, im Erdboden zu versinken, »die du sowieso nicht glauben würdest.«

»Erzähl sie mir doch erst mal«, sagte Shep und ging an ihr vorbei in die Küche. Schnuppernd atmete er den aromatischen Kaffeeduft ein. »Wo stehen die Becher?«

»Shep – du nimmst mich nicht ernst!«, rief Joanna.

Mary und Shep starrten sie entgeistert an.

»Joanna …«, fing Mary an.

»Dex kommt her, weil er mich umbringen will!«, schrie Joanna. »Pete hat gesagt, Dex will mich umbringen!«

Es war ihr egal, dass sie hysterisch klang. Irgendwie musste sie ihren Freunden beibringen, dass sie sich alle in einer gefährlichen Situation befanden, dass sie alle drei in Gefahr waren.

»Aber, warum denn, Joanna?«, fragte Mary und legte ihrer Freundin sanft die Hand auf die Schulter. »Beruhige dich. Was hat Pete gesagt, das dir so viel Angst macht?«

Joanna entzog sich wütend Marys Berührung. »Dex ist aus dem Grab wieder auferstanden!«, schrie sie und spürte, wie ihr Gesicht brannte. »Das hat er Pete erzählt. Er ist zurückgekommen – um mich zu töten!«

Shep wandte sich von der Kaffeemaschine ab

und schaute Mary an, als wollte er fragen: Was ist denn mit Joanna los?

»Ich bin nicht verrückt!«, kreischte Joanna. »Dex ist gestorben. Pete war auf seiner Beerdigung. Aber jetzt ist er wieder da. Versteht ihr mich? Er ist wieder da! Er ist zurückgekommen, um mich zu töten!«

»Vielleicht sollten wir einen Arzt holen«, sagte Shep zu Mary. »Ist Joannas Mutter zu Hause? Ist sonst noch jemand im Haus?«

»Nein. Niemand ist hier«, antwortete Mary und sagte dann zu Joanna: »Hör mal, lass uns doch alle zu mir fahren.«

»Ihr glaubt mir nicht, wie?«, rief Joanna und ballte die Fäuste so fest, dass sich die Fingernägel in ihre Haut bohrten.

»Wir glauben, dass du dich über irgendetwas entsetzlich aufregst«, sagte Shep leise und bedächtig. »Setzen wir uns doch erst mal ins Wohnzimmer und reden über alles …«

»Da gibt es nichts zu bereden«, entgegnete Joanna wütend. »Dex ist tot. Aber er ist auf dem Weg hierher. Er wird mich umbringen. Er wird uns alle umbringen.«

»Okay. Verschwinden wir von hier«, sagte Mary und schaute wieder Shep an. »Hol deinen Mantel, Joanna. Wir fahren zu mir. Dort findet Dex uns nicht.«

»Ich kapier' überhaupt nichts mehr«, sagte Shep. »Ist Dex der Typ, mit dem du früher ausgegangen bist?«

»Ja«, entgegnete Mary und schob Shep in Richtung Tür. »Joanna wird dir alles im Auto erklären.«

»Mir von einem Typ erzählen, der aus dem Grab wieder auferstanden ist?«

»Ihr glaubt mir nicht? Na gut, das ist mir auch egal!«, schrie Joanna. »Ich jedenfalls verschwinde von hier.« Shep hielt sie am Arm zurück.

»Doch, ich glaube dir«, sagte er, wenig überzeugend. »Aber ich finde, wir sollten uns erst mal hinsetzen und bei einer Tasse Kaffee alles besprechen …«

Doch noch ehe er den Satz beenden konnte, wurde die Haustür so heftig aufgestoßen, dass sie gegen die Wand prallte. Die drei schrien erschrocken auf.

»Shep – hast du die Tür nicht ins Schloss schnappen lassen?«, fragte Joanna entsetzt.

»Ich … ich dachte, das würde euer Mädchen tun«, entgegnete Shep und sah jetzt ebenfalls verängstigt aus.

Die äußere Windfangtür klapperte.

Sie hörten Schritte im Flur. Und schon marschierte Dex steifbeinig und mit weit aufgerissenen Augen in die Küche.

»Dex – bleib stehen!«, schrie Pete, der mit Entsetzen im Gesicht und schwer atmend hinter ihm herrannte. »Bleib stehen! Hörst du mich?«

Alle drei hielten den Atem an, als Dex taumelnd unter der hellen Deckenleuchte in der Küche stehen blieb. Dex war nicht wiederzuerkennen. Er sah wie Frankensteins Monster aus. Unter einer kahlen Stelle auf seinem Kopf schimmerte grau die Schädeldecke durch. Er hatte keine Zähne mehr. Und aus seinen Augen tropfte eine purpurrote Flüssigkeit. Seine Haut war grasgrün und schälte sich von Wangen und Stirn.

Mit weit aufgerissenem Mund und diesem zahnlosen Grinsen starrte er Joanna durchdringend an und torkelte auf sie zu. Jede Bewegung schien ihn unendlich anzustrengen. Sein linker Arm hing schlaff herunter.

»Dex – nicht!«, schrie Pete wieder und sagte dann zu Joanna: »Ich habe versucht, ihn aufzuhalten. Wirklich – ich habe alles versucht. Aber er hört nicht auf mich. Ich glaube, er kann mich nicht hören.«

Dex ..., wollte Joanna ihrem ehemaligen Freund zurufen, aber die Worte blieben ihr in der Kehle stecken. Plötzlich hatte sie das Gefühl, weder atmen noch sich bewegen zu können.

Das Grauen lähmt mich, dachte sie. Ein solches Gefühl ist das also.

Er bringt mich um! Ich weiß, dass er mich umbringt. Und ich stehe einfach wie erstarrt da und lasse es geschehen.

»Joanna, ich bin zurückgekommen«, sagte Dex da plötzlich mit kaum hörbarer heiserer Stimme, die unheimlich klang.

»Joanna, ich bin gekommen – aus dem Grab wieder auferstanden.«

»Nein! Dex – nein!«, schrie Joanna.

»Du hättest mich nicht auf der Klippe sterbend zurücklassen dürfen, Joanna«, sagte Dex und hob seinen rechten Arm.

In der Hand hielt er ein Tranchiermesser mit schwarzem Griff.

19

»Haltet ihn auf! Wir müssen ihn aufhalten!«, schrie Pete wieder und sprang auf Dex' breite Schultern.

Doch Dex entwand sich mit erstaunlicher Behändigkeit Petes Griff und schleuderte ihn gegen die Küchentheke, wo er benommen zu Boden sackte.

Wieder torkelte Dex mit triefenden Augen auf Joanna zu. »Ich bin zurückgekommen«, flüsterte er heiser. »Joanna, ich bin zurückgekommen.«

Da schlug Shep ihm mit einer gezielten Bewegung das Tranchiermesser aus der Hand.

»Hey!«, schrie Dex überrascht und bückte sich nach dem Messer, doch Joanna war schneller.

Ohne zu überlegen, ergriff sie das Messer am Heft, machte einen Satz auf Dex zu und stieß ihm die Klinge tief in die Brust.

Sofort quoll hellrotes Blut durch Dex' Sweatshirt.

Mit weit aufgerissenen Augen starrte er zuerst überrascht, dann entsetzt das Messer an. Dann hob er langsam den Kopf und starrte wie irre mit seinen roten Augen Joanna an.

»Nein. Das darfst du nicht tun«, sagte er mit schmerzverzerrtem Gesicht und sank langsam zu Boden, während sich eine Pfütze hellroten Bluts um ihn herum ausbreitete.

»Nicht!«, schrie Pete und riss Joanna wütend zurück.

Doch Joanna starrte nur auf Dex' reglosen Körper hinunter. Sie war wie betäubt. Sie fühlte nichts. Sie war nur erstaunt, dass Pete sie festhielt.

Mary stand an der Spüle, die Hände vors Gesicht geschlagen. Shep lehnte an der Theke und sah sehr verstört aus.

»Was hast du getan?«, schrie Pete. »Du hast ihn umgebracht, Joanna. Du hast ihn getötet!«

»Ich … ich habe was getan?«

Was sagte Pete da? Sie begriff überhaupt nichts mehr. Wie konnte sie jemanden umbringen, der bereits tot war?

Pete fiel auf die Knie, beugte sich über Dex und drückte eine Hand an den Hals seines Freundes. Dann hielt er den Handrücken unter Dex' Nase.

»Er ist tot«, sagte er schließlich. »Er atmet nicht mehr.«

»Also, Moment mal …«, sagte Joanna. »Was geht hier vor? Was meinst du …«

»Das war nur ein Scherz«, sagte Pete leise und schaute von dem blutverschmierten Boden zu ihr hoch.

»Was war das?«, fragte Shep und stellte sich hinter Joanna. Er legte ihr seine Hand auf die Schulter.

Joanna lehnte sich an ihn und war dankbar für seine Nähe.

»Pete – was sagst du da?«, fragte Mary mit tränenüberströmten Wangen. Sie zitterte am ganzen Körper und ihr unsteter Blick wanderte immer wieder zu dem reglos auf dem Boden liegenden Dex.

»Es war nur ein Scherz«, wiederholte Pete, rieb

mit den Fingern über Dex' Gesicht und zeigte sie Joanna. Die Kuppen waren grün. »Das ist nur Theaterschminke«, fügte er hinzu.

Joanna schluckte krampfhaft. »Willst du damit sagen ...«

»Alles nur Theaterschminke. Die grüne Farbe, die geschwärzten Zähne, die Flüssigkeit, die aus seinen Augen lief. Alles nur Theater, dieses abgehackte Gehen wie Frankensteins Monster. Das alles war nur ein Gag, Joanna.«

»Pete – du hast gesagt, du wärst auf Dex' Beerdigung gewesen«, stammelte Joanna, der allmählich klar wurde, was wirklich passiert war. Jetzt erst begriff sie voller Entsetzen, was sie gerade getan hatte.

»Nur ein Scherz«, wiederholte Pete traurig. »Dex und ich haben uns das ausgedacht. Um's dir heimzuzahlen. Um dir eine Lektion zu erteilen. Mehr war das nicht. Nur Show. Eine gelungene Show.«

»Aber ...«

»Aber jetzt hast du ihn umgebracht«, sagte Pete mit harter Miene. »Jetzt hast du ihn wirklich getötet.«

20

»Ruf einen Krankenwagen«, sagte Shep, den Arm noch immer um Joanna gelegt. »Vielleicht lebt er …«

»Nein, Dex ist tot«, sagte Pete und fuhr sich mit der Hand durch sein stacheliges blondes Haar. »Für einen Krankenwagen ist es zu spät.«

»Mir … mir wird schlecht«, keuchte Mary. Sie war aschfahl, hielt sich plötzlich die Hand vor den Mund und lief aus der Küche.

»Wie konntest du einfach so auf ihn einstechen? Ihn umbringen?«, fragte Pete Joanna, und seine Frage klang wie eine Beschuldigung.

»Hör mal, Pete …«, fing Joanna an, ohne zu wissen, was sie weiter sagen sollte.

»Du hast doch gesehen, dass Dex mit dem Tranchiermesser auf sie losgegangen ist«, verteidigte Shep Joanna. »Sie musste reagieren, musste sich schützen.«

»Stimmt«, sagte Joanna schnell. »Es war Notwehr.« Natürlich war es Notwehr gewesen.

Notwehr.

Shep, du bist genial, dachte sie.

»Ich musste mich schützen«, wiederholte sie. »Er ist auf mich losgegangen … und ich habe nur reagiert.« Sie fing an, wieder normal zu atmen und gewann allmählich ihre Fassung zurück.

»Was habt ihr euch da nur für einen entsetzlichen Streich ausgedacht«, sagte Shep zu Pete und schaute auf Dex hinunter. »Ihr beide seid an dieser Katastrophe genauso schuld wie Joanna.«

»Aber ich habe ihn nicht mit dem Messer niedergestochen«, protestierte Pete.

»Hättet ihr euch nicht diese dämliche Show ausgedacht und wäre Dex nicht ...«

»Warum habt ihr das getan?«, mischte sich nun Joanna wieder ein. »Was sollte dieser idiotische ›Scherz‹, wie du diesen Irrsinn nanntest?«

»Ich wusste, es würde schiefgehen«, seufzte Pete und ließ sich kraftlos und mit hängenden Schultern auf einen Küchenhocker plumpsen. »Ich wollte Dex diese blöde Idee ausreden. Aber als ich dich im Krankenhaus besucht und dir erzählt habe, Dex sei tot – weiter wollten wir den Scherz gar nicht treiben – da hast du ...«

»Was habe ich?«, wollte Joanna wissen, deren Angst jetzt in Wut umschlug.

»Da hast du weder nach Dex gefragt noch geweint, als ich dir gesagt habe, er sei tot. Und da hat Dex beschlossen, die Sache auf die Spitze zu treiben.«

»Und ihr habt das alles nur inszeniert, um mir Angst einzujagen?«, fragte Joanna.

»Du hattest eine Abreibung verdient – so wie du Dex behandelt hast. Du hast ihn nur benutzt.« Etwas sanfter fügte Pete hinzu: »Dex liebte das Schauspielern. Er hat sich so gern geschminkt und verkleidet. Du hättest ihn erleben sollen, als er aus dem Krankenhaus kam. Diese Idee hat ihn richtig angeturnt. Tagelang hat er rumexperimentiert, bis er den Geruch hingekriegt hat und nach verwesendem Fleisch stank.«

»Hör auf!«, giftete Joanna, als sie daran dachte.

»Wir haben diesen dämlichen Scherz einfach zu weit getrieben!«, sagte Pete traurig und schüttelte den Kopf. »Du hast Recht, Joanna. Mich trifft genauso viel Schuld wie dich.«

»Und was *machen* wir jetzt?«, wollte Joanna wissen. »Wir können doch nicht einfach hier rumstehen und nur darüber reden.«

»Wir müssen die Polizei verständigen«, sagte Shep und drückte Joannas Schulter.

Sie entwand sich seinem Griff und ging in der Küche auf und ab. »Nein, das geht nicht«, sagte sie, angestrengt nachdenkend. »Glaubt ihr wirklich, die Polizei würde uns diese Story abnehmen? Für die habe ich Dex doch einfach umgebracht.«

»Aber wir sind Zeugen und haben gesehen, was wirklich passiert ist«, wandte Shep ein.

»Keinem von uns wird man glauben. Die Polizei wird denken, wir hätten uns diese Geschichte ausgedacht, nachdem ich Dex niedergestochen habe«, sagte Joanna.

Da kam Mary, noch immer blass und zitterig, in die Küche zurück. »Joanna hat Recht«, sagte sie, setzte sich auf einen Hocker und hielt sich an der Theke fest. »Die wahre Geschichte wird uns die Polizei niemals glauben. Wir müssen die Leiche loswerden. Irgendwo im Wald vergraben oder so was.«

»Ja!«, rief Joanna und hätte Mary am liebsten

umarmt. Was für eine ausgezeichnete Idee! »Mary hat Recht. Für Dex können wir sowieso nichts mehr tun. Warum sollen wir wegen eines dämlichen Scherzes unsere Leben ruinieren?«

Da merkte Joanna, dass sie wieder ruhiger atmete und auch ihr Herz sich normalisierte. Allmählich wich ihre Panik und sie bekam sich wieder in den Griff.

»Ja, wir müssen die Leiche verschwinden lassen«, wiederholte sie.

»Die Idee finde ich nicht gut«, sagte Shep kopfschüttelnd. »Die Polizei wird uns auf die Schliche kommen. Dex' Familie weiß doch, wo er hingegangen ist und wird …«

»Dex hatte keine Familie«, warf Joanna ein. »Nur eine alte Tante, die nie gewusst hat, wo er sich rumtreibt. Auf keinen Fall wird die Polizei eine Verbindung zu uns herstellen. Niemals! Wir müssen die Leiche nur weit genug von hier fortschaffen.«

»Nein, tut mir Leid«, sagte Shep. »Da mache ich nicht mit. Meiner Meinung nach müssen wir die Polizei verständigen. Wir brauchen doch nur die Wahrheit zu sagen …«

Joanna warf ihm einen wütenden Blick zu und giftete: »Was bist du doch für ein Feigling! Dein Leben wäre ebenfalls ruiniert. Willst du wegen Dex' blödem Scherz deine ganze Zukunft aufgeben?«

Ohne zu antworten, ging Shep zur Hintertür und schaute durchs Fenster in den Garten hinaus.

»Ja, du hast wohl Recht«, sagte Pete da widerstrebend und starrte Joanna durchdringend an. »Für Dex können wir sowieso nichts mehr tun.«

Mary wandte den Kopf ab. Ihre Schultern bebten.

»Wein doch nicht, Mary«, sagte Joanna. »Alles wird gut, wenn wir die Leiche erst mal los sind.« Gern wäre sie zu ihrer Freundin gegangen und hätte sie getröstet, ließ es aber sein, weil sie Angst hatte, dann auch in Tränen auszubrechen.

Sie wollte nicht weinen. Sie wollte die Beherrschung nicht verlieren.

Sie wollte einen klaren Kopf behalten und die Sache in den Griff bekommen.

Aus diesem Schlamassel mussten sie unbeschadet rauskommen.

Sie würde nicht zulassen, dass Dex ihr Leben ruinierte.

Sie hätte sich erst gar nicht mit ihm einlassen dürfen.

Da drehte sich Mary plötzlich um und sagte resolut: »Pete und ich kümmern uns um die Leiche.« Dann tupfte sie sich ihre Tränen von den Wangen.

»Ich helfe euch dabei nicht«, sagte Shep und starrte noch immer in den Garten hinaus. »Obwohl ich nicht richtig finde, was ihr tun wollt, werde ich euch nicht davon abhalten. Aber ich mache nicht mit.«

»Das ist doch okay, Mann«, sagte Pete schnell, stand auf und ging zu Dex' Leiche. »Mary und ich schaffen Dex in den Kofferraum ihres Autos. Und dann bringen wir ihn in den Wald in der Nähe seines Viertels.«

»Und Shep und ich machen sauber«, sagte Joanna und schaute Shep an.

»Ja, okay«, stimmte Shep unglücklich zu.

Da hörte Joanna, wie die Haustür geöffnet und wieder geschlossen wurde.

Alle erstarrten.

»Wer kommt da?«

»Deine Mom?«

»Nein, Helen«, flüsterte Joanna. »Unser Mädchen. Mom hat ihr den Morgen frei gegeben, aber jetzt ist sie wieder da. Schnell …« Sie deutete auf die Leiche. »Schafft ihn zur Hintertür raus. Beeilt euch!«

Pete, dem der Schreck noch immer anzusehen war, bückte sich, schob Dex die Hände unter die Achseln und zerrte ihn über das Linoleum. »Ich schaffe das alleine, Mary«, keuchte er. »Halt mir nur die Tür auf.«

Mary lief zur Küchentür und öffnete sie weit.

»Ich rufe dich später an«, rief Joanna ihr leise zu und lauschte auf Helens Schritte im Flur. »Viel Glück. Ich weiß, dass wir das Richtige tun.«

Schafft mir nur die Leiche vom Hals, dachte sie.

Als die Tür hinter Pete und Mary ins Schloss fiel, stieß Joanna einen tiefen Seufzer der Erleichterung aus.

Shep lehnte völlig verstört an der Küchentheke.

Helens Schritte wurden lauter und entfernten sich dann.

Sie geht in ihr Zimmer, um sich umzuziehen, dachte Joanna. Und dann kommt sie in die Küche.

Ihr Blick fiel auf den Blutfleck am Boden.

»Tja, jetzt sind sie fort«, sagte Shep leise. »Hoffentlich sehen die Nachbarn nicht, was sie da zum Auto zerren.«

»Die Nachbarn können wegen der Bäume nicht in unseren Garten schauen. Außerdem stehen die Häuser zu weit weg«, entgegnete Joanna.

Dann öffnete sie eine Schublade, nahm ein Steakmesser heraus und ging auf Shep zu.

Shep starrte sie entgeistert an. Er sah das Messer in ihrer Hand, den entschlossenen Ausdruck auf ihrem Gesicht und bekam entsetzliche Angst.

»Joanna – nein!«, schrie er. »Was hast du vor?«

21

Joanna packte blitzschnell Sheps linke Hand, drehte sie nach außen und schnitt mit dem Messer quer über den Handteller.

Hellrotes Blut quoll aus dem Schnitt, floss über den Rand und tropfte auf den Küchenboden.

»Joanna!«, rief Shep, entriss ihr seine Hand und starrte entsetzt zuerst die Wunde, dann seine Freundin an.

»Helen!«, rief Joanna, ohne auf Shep zu achten, und warf das Messer auf die Theke. »Helen!«

»Ja?«, antwortete die junge Frau vom Flur her.

»Könnten Sie bitte mal kommen?«, rief Joanna. »Mein Freund hat sich geschnitten und er blutet stark. Könnten Sie das bitte aufwischen?«

Helen kam in die Küche geeilt; noch im Gehen knöpfte sie die Ärmel ihrer weißen Uniform zu. Sie war eine kleine, rundliche Person mit einem ebenso runden Gesicht, das jetzt Erstaunen ausdrückte, als sie den großen Blutfleck auf dem Fußboden entdeckte. Sie sah Shep an, der sich hastig die Hand mit Küchentüchern umwickelte.

»Sie sollten zum Arzt gehen, denn Sie haben eine Menge Blut verloren«, sagte Helen und ging zum Wandschrank mit den Putzutensilien.

»Ach, das ist sicher nicht so schlimm«, meinte Joanna.

Shep warf ihr einen bösen Blick zu und ging an ihr vorbei zur Haustür, wobei er seinen improvisierten Verband fest umklammerte.

Joanna folgte ihm und sagte flüsternd, damit Helen sie nicht hören konnte: »Es tut mir wirklich Leid, Shep. Entschuldige bitte. Aber ich musste etwas tun. Ich wollte dich nicht verletzen, doch das war das Erste, was mir einfiel ...«

»Du bist eiskalt, Joanna«, unterbrach er sie, die gesunde Hand auf der Klinke. »Du bist unmenschlich. Ich hatte keine Ahnung, wie kalt du bist.«

Und noch ehe sie antworten konnte, war er gegangen.

Sie sah, wie er in seinen Wagen stieg, rückwärts die Auffahrt hinunterfuhr und mit aufheulendem Motor davonbrauste. Dann machte sie die Haustür zu, verschloss sie und ging die Treppe hoch, in ihr Zimmer.

Sie setzte sich auf ihr ungemachtes Bett. »Bald geht es mir wieder gut«, sagte sie laut.

Bald geht es mir wieder gut. Das alles nimmt ein glückliches Ende. Bald geht es mir wieder gut. Gut. Gut. Gut.

Sie wiederholte das Wort so oft, bis es keinen Sinn mehr machte, kein Wort mehr war.

Und erst dann merkte sie, dass sie am ganzen Körper zitterte.

Am Montag sah sie Shep in der Schule. Seine Hand war bandagiert. Er ging an ihr vorbei, als würde er sie nicht sehen.

Sie seufzte und war voller Selbstmitleid. Ich mag

dich, Shep, dachte sie. Wir müssen wieder zusammenkommen. Wir passen so gut zueinander.

Sie überlegte, ob sie hinter ihm herlaufen und ihn umarmen sollte. Ich bitte ihn um Verzeihung. Ich flehe ihn an. Ich bitte ihn tausendmal um Verzeihung und liefere mich ihm auf Gedeih und Verderb aus.

Sie stand da und sah ihm nach, bis er um eine Ecke verschwand.

Sie versuchte sich auf die Prüfungen zu konzentrieren, die mitten im Halbjahr bestanden werden mussten, aber das war nahezu unmöglich.

Denn ständig wanderten ihre Gedanken zu dem entsetzlichen Geschehen zurück. Dex' Gesicht, sein zahnloses, grinsendes, grünes Gesicht quälte und verfolgte sie.

Sie konnte nicht mehr lernen und sie konnte nicht mehr klar denken.

Montagabend rief sie Mary an, weil sie wissen wollte, was ihre Freundin und Pete mit Dex' Leichnam gemacht hatten. Aber Mary konnte nicht reden, weil ihre Eltern in der Nähe waren.

Dienstag kämpfte sie sich durch zwei Prüfungen mit dem sicheren Gefühl, in beiden versagt zu haben, weil sie sich nicht hatte konzentrieren können.

Mittwoch und Donnerstag vergingen mit Lernen und weiteren Prüfungen – sie konnte sich an die Tage nur verschwommen erinnern, da sie wie in einem Nebel lebte.

Donnerstagabend griff sie zum Telefon, um Shep anzurufen. Aber dann legte sie den Hörer wieder hin.

Was sollte sie tun, wenn er nicht mit ihr reden wollte? Wenn er sich weigerte, ans Telefon zu kommen?

Am Freitag, nach Schulschluss, überlegte sie, ob sie den Tennisunterricht schwänzen sollte. Doch in letzter Minute entschied sie sich dagegen. Etwas Sport würde ihr sicher guttun.

Vielleicht musste sie dann nicht mehr an Dex denken, an das viele Blut auf dem Fußboden in der Küche, an seinen Körper, der so starr dort gelegen hatte.

Vielleicht musste sie dann nicht mehr daran denken, dass sie Shep verloren hatte.

Ich spiele, bis ich ordentlich schwitze, dachte sie. Bis mein Blut wieder schneller durch die Adern fließt.

Blut. Ich muss aufhören, über Blut nachzudenken.

»Bald geht es mir wieder gut«, sagte sie und jonglierte mit ihrer Büchertasche und ihrem Tennisschläger, als sie durch die Glastür des Tennisclubs ging.

Bald geht es mir wieder gut. Ich konnte nichts dazu. Es war nicht meine Schuld. Und niemand wird es jemals erfahren.

Gary war ihr neuer Tennislehrer. Er sah mehr wie ein Ringer als wie ein Tennisspieler aus, denn er hatte einen mächtigen Brustkasten und schwellende Bizepse, die sich unter seinem T-Shirt abzeichneten, und langes, lockiges, schwarzes Haar.

»Erst wollen wir uns mal etwas aufwärmen«, sagte er und schleppte einen Korb mit gelben Tennisbällen auf den Court.

Im Club war es voll. Die meisten Spieler waren Jugendliche, die jetzt nach der Schule Unterricht hatten und ziemlichen Lärm machten. Früher hatte Joanna nie gemerkt, wie laut es im Club war.

Gary spielte ihr ein paar einfache Bälle zu, die Joanna ohne Mühe retournierte. Der Schläger in ihrer Hand fühlte sich leicht an.

Nachdem sie fünf oder sechs Bälle über das Netz geschlagen hatte, drehte sie sich aus irgendeinem unerfindlichen Grund um und schaute in die Richtung der Zuschauertribüne.

Dort hatte Dex gestanden, erinnerte sie sich. Dort hatte er gestanden und so grün, so unheimlich ausgesehen.

Und das Ganze war nichts als Betrug gewesen. Nichts als ein schamloser Betrug.

Nicht einmal jetzt konnte sie glauben, dass Dex ihr einen solchen Streich gespielt hatte. Einen in allen Einzelheiten sorgfältig geplanten und ausgeführten Streich, der viel Zeit und Arbeit gekostet hatte.

Und wohin hatte ihn das gebracht?

In eine Grube im Wald.

Oder vielleicht lag er nicht einmal in der Erde, sondern in irgendeinem Gebüsch oder Unterholz.

Sie hätte Mary noch mal anrufen sollen. Oder Pete. Sie hätte herausfinden müssen, was mit der Leiche passiert war.

Aber irgendwie war es auch gut, es nicht zu wissen.

Die Leiche ist nicht mehr da. Dex war nicht mehr da.

Warum hielt sie dann nach ihm Ausschau?

»Joanna? Joanna?«

Erst jetzt merkte sie, dass Gary schon eine ganze Weile nach ihr rief.

»Suchen Sie jemanden?«, fragte ihr Tennislehrer.

»Nein«, antwortete sie, noch immer zerstreut.

»Sollen wir ein Match spielen?«, fragte er und wirbelte seinen Schläger am Griff herum.

»Nein«, antwortete sie. »Ich … ich muss jetzt gehen.«

Sie konnte sich nicht konzentrieren. Sie wollte nicht hier sein.

Ich kann nie wieder auf diesem Court spielen, dachte sie. Ich habe immer das Gefühl, als würde Dex da hinten stehen und mich mit diesen grässlichen roten Augen anstarren.

»Joanna!«, rief Gary hinter ihr her.

Aber sie drehte sich einfach um und lief in den Umkleideraum.

Ich muss hier raus, dachte sie. Nur raus. Raus.

Ich muss aufhören, über Dex nachzudenken.

Was ist denn mit mir los? Dex war mir doch nie besonders wichtig. Warum muss ich ständig an ihn denken?

Und dann beantwortete sie sich selbst ihre Frage: Weil du ihn getötet hast!

Joanna zog sich schnell um und fuhr dann ziellos fast eine Stunde durch die Stadt, ehe sie wieder zu Hause war.

Vielleicht muss ich nicht mehr darüber nachdenken, wenn ich mit Mary rede und das Ende der Geschichte erfahre, dachte sie.

Das Ende der Geschichte. Würde es denn jemals ein Ende *geben*?

Jeden Tag hatte sie die Zeitung gelesen, sich zur großen Überraschung ihrer Mutter beim Frühstück sofort das Blatt geschnappt und es überflogen. Aber dort stand nichts von einer Leiche, die im Wald aufgefunden worden sei. Auch der lokale Fernsehsender hatte in den Sechs-Uhr-Nachrichten nichts dergleichen erwähnt.

So war die Geschichte vielleicht doch schon zu Ende.

Aber sie musste einfach mit Mary reden. Sie wollte auch wissen, wie es ihrer Freundin ging. Vielleicht ging es Mary besser als Joanna. Vielleicht musste Mary nicht ständig an Dex denken, nicht jede Minute Tag und Nacht den Mord vor sich sehen.

Vielleicht kann mir Mary helfen, diese entsetzliche Erinnerung los zu werden, helfen, auf andere Gedanken zu kommen.

Aber als Joanna nach Hause kam, war ihre Mutter da. Sie musste mit ihrer Mutter reden, ihr von den Prüfungen erzählen und berichten, wie schwer sie waren. Sie sprach auch über ihren Tennisunterricht und dachte sich ein paar lustige Geschichten über ihren neuen Tennislehrer aus, der wie ein Ringer aussah.

Das brachte ihre Mutter zum Lachen.

Wie gut du doch lügen kannst, Joanna, dachte sie. Wenn du doch nur *dich selbst* auch belügen könntest.

Als sie in ihr Zimmer gehen und Mary anrufen

wollte, meinte ihre Mutter: »Hellen trägt gleich das Abendessen auf. Sie hat dein Lieblingsessen gekocht – Lammkeule. Ich gehe heute Abend noch aus. Aber ich dachte mir, dass wir vorher in aller Ruhe zusammen essen. Nur wir beide.«

Also musste Joanna noch ein paar lustige Geschichten erfinden, Geschichten über die Schule und Shep und was für ein toller Bursche er doch sei.

»Du hast ja kaum von deinem Lamm gegessen«, sagte Mrs. Collier nach einer Weile.

»Ich … ich habe heute kaum Hunger«, antwortete Joanna und das war nun gewiss nicht gelogen.

»Geht es dir auch gut? Du siehst so … so müde aus«, sagte Mrs. Collier. In letzter Zeit behauptete sie das ständig.

Joanna blickte von ihrem praktisch unberührten Teller auf und sah ihre Mutter eindringlich an. Ganz kurz hatte sie das Bedürfnis, ihrer Mutter von ihren Sorgen und Nöten zu erzählen.

›Du musst wissen, dass ich Dex getötet habe, Mom. Er hat mir einen üblen Streich gespielt und mich in dem Glauben gelassen, er sei ein Zombie, ein Untoter, der aus dem Grab zurückgekehrt ist. Als er mich umbringen wollte, habe ich ihn mit einem Messer erstochen. Dann haben Pete und Mary seine Leiche im Wald versteckt. Und deshalb ist mir der Appetit auf Lamm heute Abend vergangen.‹

Das klang völlig absurd.

Joanna fragte sich, wie sie auch nur für eine *Sekunde* darüber nachgedacht haben konnte, ihrer Mutter die Wahrheit zu erzählen.

Ich bin *wirklich* kurz davor, den Verstand zu verlieren, dachte sie.

Zum Nachtisch servierte Helen Apfelkuchen mit Zimteis. Joanna aß etwas davon, was sie jedoch große Mühe kostete. Dann entschuldigte sie sich und küsste ihre Mutter flüchtig auf die Stirn – was Mrs. Collier überraschte, denn Zärtlichkeiten von ihrer Tochter war sie nicht gewohnt.

»Joanna ...«, fing sie an.

Doch ihre Tochter war bereits auf dem Weg nach oben in ihr Zimmer, um Mary anzurufen.

Vom schnellen Laufen noch atemlos setzte sie sich an ihren Schreibtisch und griff nach dem Telefon. In dem Moment läutete es.

Überrascht nahm sie ab.

»Hallo?«

»Hi, Joanna«, sagte ein junger Mann.

»Shep, bist du das?«

Ersticktes Gelächter am anderen Ende. »Nein, Joanna. Ich bin's. Dex. Ich bin zurückgekommen, Joanna. Und dieses Mal bin ich wirklich zurückgekommen.«

22

»Wir sehen uns. Bis bald«, sagte Dex' Stimme.

»Dex?«

»Bis bald.«

Dann wurde aufgelegt. Joanna stieß einen kleinen Schrei aus, saß da und starrte das Telefon an.

Wieder sah sie Dex' grünes Gesicht vor sich, die sich lösende Haut. Und sie sah ihn auf dem Küchenboden in einer Blutlache liegen.

Wirkliches Blut. Wirklich tot. Das alles war Wirklichkeit gewesen.

Und jetzt war er zurückgekommen.

Das muss ein Scherz sein, dachte sie und fühlte eine unerklärliche Kälte in sich hochkriechen. Jemand gibt vor, Dex zu sein.

Aber die Stimme hatte genau wie seine geklungen. Sogar das erstickte Lachen hatte sie erkannt.

Doch Dex war tot. Sie hatte ihn erstochen. Mit dem Tranchiermesser erstochen, und sie hatte das viele Blut gesehen.

Helft mir! Ach, helft mir! Warum hilft mir denn niemand?

Ich kann nicht mehr klar denken!

Jetzt muss ich endgültig herausfinden, was passiert ist. Ich muss es wissen!

Sie wählte Marys Nummer. Es läutete viermal. Schließlich nahm Marys Mutter ab.

»Mary kann im Moment nicht ans Telefon kommen. Sie hat zu tun.«

»Ach, bitte. Ich muss sie ganz dringend sprechen«, sagte Joanna aus lauter Verzweiflung derart schrill, dass sie ihre eigene Stimme nicht wiedererkannte.

»Ich richte ihr aus, dass sie zurückruft.«

Das passt mir gar nicht, dachte Joanna. Das dauert zu lange. Ich muss raus aus diesem Haus. Einfach nur raus hier.

»Wir sehen uns. Bis bald«, hatte Dex gesagt. Der tote Dex.

»Wir sehen uns.«

Bedeutete das, dass er auf dem Weg zu ihr war?

Der tote Dex war auf dem Weg, um ... *was* zu tun?

Joanna ließ das schnurlose Telefon fallen, sprang auf und lief die Treppe hinunter, zwei Stufen auf einmal nehmend.

»Mom? Mom?«

»Sie ist gerade gegangen«, rief Helen aus der Küche. »Zu irgendeinem Club-Treffen oder so was.«

Ich muss hier raus, dachte Joanna mit klopfendem Herzen.

Ich fahre zu Mary. Sie nahm ihren Mantel aus dem Wandschrank und suchte auf dem Garderobentischchen nach ihrem Autoschlüssel.

»Ich fahre zu einer Freundin«, rief sie Helen zu.

Helen rief etwas zurück, doch Joanna war bereits aus der Tür.

Mary wird wissen, was zu tun ist, redete sie sich während der Fahrt ein. Die Nacht war klar und kalt, die Konturen der Häuser und Bäume waren so scharf, als würde sie sie durch den Sucher einer sehr teuren Kamera betrachten.

Mary wird wissen, was zu tun ist.

Aber das war doch dumm, oder?

Warum sollte sich Mary mit Untoten auskennen?

Der tote Dex. Der tote Dex – der nicht tot sein wollte.

Ein paar Minuten später fuhr sie in die Auffahrt von Marys Elternhaus und schaltete die Scheinwerfer aus. Die Vorderseite des Hauses war dunkel. Nicht einmal die Lampe über der Veranda brannte.

Joanna stieg aus ihrem Wagen und wartete, bis sich ihre Augen an die Dunkelheit gewöhnt hatten. Nach einer Weile konnte sie die schwarze Silhouette des Hauses, das sich vor dem etwas helleren Himmel abhob, erkennen, auch die Umrisse der Büsche und ein niedriger, gekrümmter Baum wurden sichtbar.

Als sich Joanna umdrehte und einen Blick auf die Straße warf, sah sie, dass die Lampen nicht brannten.

Plötzlich überlief es sie eiskalt.

Sie zog ihren Mantel enger um sich und ging schnell auf das dunkle Haus zu. Der Boden unter ihren Turnschuhen war hart gefroren. Beim Ausatmen bildeten sich kleine Dampfwölkchen vor ihrem Gesicht.

Als sie sich der Veranda vor dem Haus näherte, sah sie, dass im hinteren Teil Licht brannte.

Ich hab's fast geschafft, dachte sie und wäre beinahe über einen Stein auf dem gepflasterten Weg zur Haustür gestolpert.

Warum brennt denn hier kein Licht?

Sie ging weiter und stieg die Stufen zur Veranda hoch.

Mary wird wissen, was zu tun ist. Ich will nur mit ihr reden, das ist alles.

Sie hob die Hand, um an die Haustür zu klopfen, und hielt abrupt inne.

Da war er wieder: sein Geruch.

Dieser Geruch nach verfaulendem Fleisch. Aber noch viel schlimmer dieses Mal. Noch penetranter. Schockierend. Ekel erregend.

Jemand klopfte ihr auf die Schulter.

»Ohh!«, schrie sie und wirbelte herum, unfähig zu atmen.

»Dex!«

Sogar in der Dunkelheit konnte sie sehen, dass ihm ein Auge fehlte. Nichts als die Augenhöhle war übrig geblieben.

»Joanna«, sagte er, seine Stimme ein raues Flüstern. »Warum hast du mich ermordet?«

23

Es war so dunkel. Richtig finster.

Und der Gestank unerträglich.

Joanna merkte, dass sie den Atem angehalten hatte, und stieß ihn nun keuchend aus.

»Warum hast du mich umgebracht, Joanna? Sieh her – ich blute noch immer.«

Dex zog sein T-Shirt hoch und zeigte ihr seine breite, blutverkrustete Wunde.

»Dex … ich wollte nicht …« Sie sah sich nach einem Fluchtweg um, aber er hatte sie mit dem Rücken gegen die Haustür gedrückt.

Sie wandte den Blick ab. Sie konnte es nicht ertragen, seine leere Augenhöhle, die schlaff in Fetzen herabhängende Haut und die klaffende dunkelrote Wunde auf seiner Brust zu sehen.

Selbst in der Dunkelheit sah er entsetzlich aus.

»Warum hast du mich umgebracht?«, wiederholte er mit so schwacher Stimme, dass sie ihn kaum verstehen konnte. Er hauchte die Worte krächzend durch seinen zahnlosen Gaumen.

»Hilfe! So helft mir doch!«, schrie Joanna so laut sie konnte, stieß Dex beiseite und fing an zu laufen. Mit ihren Sneakers rutschte sie auf dem harten, feuchten Boden aus.

»Lauf nicht davon! Es war so schwer, zurückzukommen«, rief Dex.

Er war direkt hinter ihr.

»Nein! Hau ab! Verschwinde!«

»Ich bin gegangen, Joanna. Aber ich bin zurückgekommen.«

Er packte sie zuerst an der Schulter und dann umfasste er ihre Taille.

Beide stürzten. Er landete auf ihr und drückte sie auf die gefrorene Erde.

»Nein!«, schrie sie wieder.

Sie wollte weiterschreien, verstummte jedoch abrupt.

»Hey ...«, sagte sie dann und stemmte beide Hände gegen Dex und versuchte, ihn von sich zu schieben. »Ich kann dich ja berühren.« Sie packte seinen Arm. »Dein Körper ist fest. Ich spüre deine Muskeln ... deine Knochen.«

Noch immer lag er auf ihr. Keuchte. Die kurze Verfolgungsjagd hatte ihn angestrengt.

Sie hob ihre Hand, berührte sein Gesicht und riss einen Fetzen Plastikmaske ab.

»Oh, du fieses Schwein! Du bist gar nicht tot! Du treibst noch immer deine grässlichen Scherze mit mir!«

Da grinste Dex sein scheußliches zahnloses Grinsen und sagte mit normaler Stimme: »Du hast ja so Recht. Ich lebe.« Dann fügte er hinzu: »Aber der Spaß ist jetzt vorbei.«

»Runter von mir! Der Boden ist kalt. Außerdem ruinierst du meinen Mantel!«

»Der Spaß ist vorbei, Joanna.«

»Hast du nicht gehört? Runter von mir! Was bildest du dir eigentlich ein? Igitt, wie du stinkst!«

Sie versuchte sich unter Dex hervorzuwinden, aber er war zu stark und hielt sie fest.

»Der Spaß ist vorbei. Endgültig«, wiederholte er, griff in seine Jackentasche, zog ein Schnappmesser heraus und ließ die Klinge hervorschnellen.

»Dex – leg das Messer weg«, schrie sie.

Da flammte die Verandalampe auf. In dem trüben gelben Licht sah er noch unheimlicher und sehr böse aus.

»Dieses Messer ist echt«, sagte Dex und hielt ihr die Klinge vors Gesicht. »So echt wie ich.«

»Dex …«

»Dieses Mal ist es kein Schwindel. Kein Bühnenmesser mit versenkbarer Klinge.«

»Dex … *bitte!*«, schrie Joanna. »Was hast du *vor*?«

»Ich will dir nur beweisen, dass dieses Messer echt ist«, sagte er und stieß zu.

24

Mit aller Wucht stieß er die Klinge dicht neben ihrem Kopf in die Erde.

Er wollte ihr nur Angst einjagen.

»Siehst du?«, sagte er schwer atmend. »Das Messer ist echt. Ein richtiges Messer.«

Da gab Joanna ihm mit aller Kraft einen Stoß und stand taumelnd auf. Auch Dex kam schnell auf die Beine und stand jetzt neben ihr.

»Warum, Dex?«, fragte sie und starrte das Messer in seiner Hand an. »Warum tust du mir das an?«

Er wandte sich ab und schaute zur Veranda hoch. Die Lampe brannte zwar, aber die Tür war noch geschlossen. Als er sich wieder zu ihr umdrehte, war sein Gesicht voller Hass.

»Warum? Weil ich dir nichts bedeutet habe«, antwortete er und riss sich die künstliche Augenhöhle ab.

»Aber, Dex …«

»Ich habe dich geliebt, Joanna.« Bei dem Wort ›geliebt‹ versagte seine Stimme. »Du warst alles für mich. Etwas Besseres konnte ich mir in meinem Leben nicht vorstellen. Du hast mir so viel bedeutet. Und dann …« Er schaute auf das Messer in seiner Hand.

»Ich habe dich auch gemocht«, sagte Joanna, aber nicht sehr überzeugend.

»Und als ich von der Klippe stürzte, war es dir egal, ob ich den Sturz überlebte oder nicht.«

»Hat dir das Pete erzählt?«, fragte Joanna schnell. »Das ist eine Lüge. Es stimmt nicht. Ich ...«

»Es *ist* wahr!«, schrie er und bohrte seine brennenden Augen in ihre. »Du kannst mich nicht mehr anlügen, Joanna. In jener Nacht war es dir egal, ob ich noch lebte oder tot war. Und als Pete dich im Krankenhaus besucht hat ...«

»Damals war ich von Schmerzmitteln wie betäubt!«, rief Joanna. »Schließlich war auch ich schwer verletzt, weißt du. Und als Pete mich besucht hat ...«

»Er hat dir gesagt, ich sei tot, und du hast darauf nicht einmal reagiert.«

»Ich war benommen, Dex. Ich stand total neben mir. Hinterher habe ich tagelang geweint.«

Mit einem bitteren Lachen sagte er: »Vergiss es, Joanna. Spar dir deine Lügen. Als du mich letzten Sonntag niedergestochen hast und ich ein zweites Mal gestorben bin, war dir das völlig egal.«

»Ich war so durcheinander ...«

»Du wolltest nur, dass meine Leiche verschwindet. Was anderes hat dich nicht gekümmert. Ich war nur ein Stück Dreck, das verschwinden musste. Damit dein und das Leben deines reichen Freundes nicht ruiniert wird.«

»Pete steckt hinter all dem ... nicht wahr?«, fragte Joanna und sah zu ihrem Auto hinüber.

Der Wagen war so nah und doch so fern.

Wenn sie nur in ihr Auto steigen und die Türen verriegeln könnte ...

»Das alles war Petes Idee, nicht wahr, Dex?«, wiederholte sie die Frage.

Dex schüttelte den Kopf. Er ließ die Klinge nervös rein und raus schnellen, starrte sie nur die ganze Zeit böse an und stieß kleine graue Atemwölkchen aus.

»Pete hat mir nur dabei geholfen. Mehr nicht«, sagte er schließlich leise. »Pete hat mir geholfen. Aber jetzt brauche ich keine Hilfe mehr.«

»Was soll das denn heißen? Was hast du vor?«

Joanna sah zum Haus hin. Warum machte niemand die Tür auf? Warum kam nicht jemand, um ihr zu helfen?

Hatte denn niemand ihre Schreie gehört?

Dex machte einen Schritt auf sie zu und sagte mit flacher Stimme: »Ein *drittes* Mal werde ich nicht sterben.«

Er ist irrsinnig ruhig, dachte sie. Er ist verrückt. Dex ist echt verrückt.

»Ich werde nicht noch einmal sterben«, sagte er. »Jetzt bist du dran.«

Joanna ging rückwärts die Auffahrt hinunter.

Er hob das Messer und machte einen Satz auf sie zu.

»Nein!«

Er stolperte über denselben Stein am Ende des Plattenwegs, weswegen Joanna zuvor beinahe gestürzt wäre.

Dabei fiel ihm das Messer aus der Hand und Joanna vor die Füße. Schnell bückte sie sich und hob es auf.

»Du irrst dich, Dex«, sagte sie. »Jetzt stirbst du *noch einmal*!«

25

»Joanna! Halt!«, rief Mary, während sie – nur mit abgeschnittenen Jeans und einem T-Shirt bekleidet – aus dem Haus rannte.

Überrascht drehte sich Joanna nach ihr um. Das Messer in ihrer Hand hatte sie vergessen.

Sie dachte, Mary würde stehen bleiben. Doch Mary lief auf sie zu, gab ihr einen Stoß und entriss ihr das Messer.

»Lass ihn in Ruhe!«, rief Mary wütend.

Über die Reaktion ihrer Freundin erstaunt, machte Joanna einen Schritt rückwärts.

»Wolltest du ihn wirklich umbringen?«, schrie Mary. »Hast du ihm denn nicht schon genug angetan?«

Sie ging zu Dex und legte den Arm um ihn. Er neigte den Kopf und sie küsste ihn auf die Wange.

»Mary …« Joanna fühlte sich plötzlich ganz schwach. Die gelbe Lampe über der Tür flackerte. Schatten tanzten auf dem dunklen Boden.

Das gibt es nicht, dachte sie.

»Mary … du … du warst auch an diesem Komplott beteiligt?«, fragte sie mühsam.

Noch immer Dex umarmend, lächelte Mary triumphierend. »Das Ganze war meine Idee«, sagte sie ruhig. »Von Anfang an.«

»Aber warum, Mary? Ich dachte, du wärst meine beste Freundin. Ich dachte ...« Joanna starrte die beiden nur an und wünschte, die Schatten würden aufhören zu tanzen und die Dunkelheit würde lichter. »Warum?«, wiederholte sie.

»Du hattest alles«, antwortete Mary bitter. »Und was hatte ich? Nichts. Du lebst in einem großen Haus, du fährst ein dickes Auto – und du hattest Dex. Und er war das Einzige, das ich mir im Leben wünschte.«

Sie sah ihn liebevoll an und er umarmte sie ganz fest.

»Aber, Mary ...«

»Es hat mir fast das Herz gebrochen, Joanna. Ja, es brach mir das Herz, dass du auch noch Dex hattest und dir nicht einmal etwas an ihm lag. Du hast ihn benutzt. Das hast du mir selbst erzählt. Er war nichts als ein Spielzeug für dich, etwas, das dir gehört, so wie die vielen anderen Dinge, die dir gehören.«

»Das ist nicht fair«, sagte Joanna und starrte das Messer in Marys Hand an.

»Oh, doch. Ich bin fair«, entgegnete Mary entrüstet. »Immer und immer wieder hast du verkündet, dass Dex dir nichts bedeutet. Du warst so *hässlich* zu ihm. Du hast ihn versetzt und damit auch noch geprahlt. Und hinter seinem Rücken bist du mit Shep ausgegangen.«

Mary redete sich immer mehr in Rage und Joanna starrte weiter das Messer in Marys Hand an und fragte sich, ob ihre ehemalige Freundin wohl ausrasten und es gebrauchen würde.

»Es war fatal«, fuhr Mary mit vor Wut immer

schriller werdender Stimme fort. »Während du mir die ganze Zeit erzählt hast, wie wenig dir Dex bedeutet, wollte ich nur noch eins haben – ihn.«

Noch ehe Joanna merkte, was sie tat, brach sie in lautes Gelächter aus. »Hör mir gut zu, Mary. Ich schenke ihn dir – und Dex wird dich sicher mit Freuden willkommen heißen.«

Mit diesen Worten drehte sie sich um und ging schnell zu ihrem Auto.

»Wie kannst du es wagen, über mich zu lachen, Joanna!«, rief Mary und machte mit erhobenem Messer einen Satz auf sie zu.

»Nein! Hör auf!«, schrie Joanna, die sich gerade noch rechtzeitig umgedreht hatte, rückwärts stolperte und hinfiel.

Mary schwang das Messer über ihrem Kopf, doch Dex packte den Arm seiner Freundin.

»Ich will sie umbringen! Lass mich! Lass mich!«, schrie Mary.

Aber Dex entwand ihr das Messer und warf es weg. »Komm«, sagte er beruhigend und hielt sie fest an sich gepresst. »Entspann dich. Ganz locker. So.«

Mary keuchte, doch seine Worte schienen sie zu beruhigen.

»Komm, wir gehen ins Haus. Wir vergessen Joanna. Wir vergessen diese ganze verrückte Geschichte.«

Noch einmal starrte Mary Joanna hasserfüllt an, dann wandte sie den Kopf ab. Und die beiden gingen Arm in Arm zum Haus, ohne sich noch einmal umzusehen.

Joanna stand auf und starrte ihnen nach, bis sie im Haus verschwunden waren und die Lampe über der Tür dunkel wurde.

Dann nahm sie das Messer. Die Klinge glitt leicht ins Heft. Auch dieses Messer war nichts als eine Theater-Requisite. Unecht. Falsch.

Joanna saß zu Hause in ihrem Zimmer an ihrem Schreibtisch und hielt das Messer in den Händen. Sie rollte es hin und her.

Es ist genauso falsch und unecht wie ich, dachte sie. Mary hatte Recht. In allem. Und jetzt sitze ich hier, ganz alleine. Alle Menschen haben sich von mir abgewandt. Niemand ist übrig geblieben.

Ich habe keinen Freund, nicht einen einzigen. Vielleicht hatte ich niemals Freunde.

Weil ich mich nie richtig um sie gekümmert habe. Weil ich nicht einmal wusste, wie man das macht.

Und noch ehe sie merkte, wie ihr geschah, liefen heiße Tränen über ihre Wangen. Sie schluchzte.

Ein seltsames Gefühl.

Seit Jahren habe ich nicht mehr geweint, dachte sie. Seit … Sie überlegte. Seit wann? Seit wann habe ich nicht mehr geweint?

Ich habe seit dem Tag nicht mehr geweint, an dem Dad uns verließ.

Zum ersten Mal seit langem unterdrückte sie ihre wahren Gefühle nicht mehr. Sie weinte und weinte, bis sie keine Tränen mehr hatte.

Und zu ihrer Überraschung fühlte sie sich danach etwas besser.

Sie trocknete ihre Tränen und legte das Messer in eine Schublade ihres Schreibtisches.

Dann atmete sie tief ein, griff zum Telefon und wählte Sheps Nummer.

Shep nahm beim dritten Läuten ab.

»Shep?«

»Hi … Joanna.«

»Shep, ich muss mit dir reden«, sagte sie. »Ich bin gerade aus meinem Grab wieder auferstanden.«

Er verstand nicht, was sie damit meinte. Doch sie hoffte inständig, er würde ihr eine Chance geben, es ihm erklären zu können.